人在草木间

叶悬冰 著

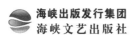
海峡出版发行集团
海峡文艺出版社

图书在版编目(CIP)数据

人在草木间/叶悬冰著. 一福州:海峡文艺出版社,
2023.8
（潮汐散文丛书）
ISBN 978-7-5550-3371-4

Ⅰ.①人… Ⅱ.①叶… Ⅲ.①散文集－中国－当
代 Ⅳ.①I267

中国国家版本馆 CIP 数据核字（2023）第 138797 号

人在草木间

叶悬冰 著

出 版 人	林 滨	
责任编辑	李永远	
出版发行	海峡文艺出版社	
经 销	福建新华发行(集团)有限责任公司	
社 址	福州市东水路 76 号 14 层	
发 行 部	0591－87536797	
印 刷	福建新华联合印务集团有限公司	
厂 址	福州市晋安区福兴大道 42 号	
开 本	720 毫米×1010 毫米 1/16	
字 数	230 千字	
印 张	15.5	
版 次	2023 年 8 月第 1 版	
印 次	2023 年 8 月第 1 次印刷	
书 号	ISBN 978-7-5550-3371-4	
定 价	79.00 元	

如发现印装质量问题,请寄承印厂调换

自　序

　　曾见过春天、夏天、秋天、冬天的你，但是，我最爱的是秋天的你。你是一棵秋天的树，站在故乡的泥土里，站成最美的一道风景。

　　秋天是属于你的季节，因为，岁月送给你的，你留给了自己；而阳光送给你的，你全部还给了秋季。一棵秋天的树，恍如中年的回首，以一地金黄的落叶应和着来自生命最初的召唤。懂你的人会说你比夏花更热烈。

　　生日的那天，总会收到众多银行的祝福短信，真是无处可逃，想要假装忘记都不可以。想想已过"知天命"之年，再看看镜中的皱纹和白发，有时也是不免暗自心惊。正如张爱玲在《对照记》中的感慨："悠长得像永生的童年，相当愉快地度日如年，我想许多人都有同感。然后崎岖的成长期，也漫漫长途，看不见尽头。满目荒凉，只有我的祖父母的姻缘色彩鲜明，给了我很大的满足，所以在这里占掉不合比例的篇幅。然后时间加速，越来越快，越来越快，繁弦急管转入急管哀弦，急景凋年倒已经遥遥在望，一连串的蒙太奇，下接淡出。"

　　是的，中年以后就是时间加速，越来越快，越来越快，时光层叠，一切都有了岁月的痕迹。

　　记得38岁生日的时候，在博客里发了一则日志，里面说到年少

1

时喜欢欧阳修的这首《玉楼春》：

> 尊前拟把归期说，未语春容先惨咽。
> 人生自是有情痴，此恨不关风与月。
> 离歌且莫翻新阕，一曲能教肠寸结。
> 直须看尽洛城花，始共春风容易别。

　　那时我说，不到中年，是读不懂其中况味的。"直须看尽洛城花，始共春风容易别"——人生要积累很多很多感情，要享受很多很多美好，这样才能在感情消失之后、美好离去之时，不那么感伤、不那么遗憾。花儿谢了，人别离了，有一点来不及。连欧阳修都说及时行乐，也不是不可以，因为美好永远值得追寻。

而彼时到此刻，又过去了十多年——仿佛就在一瞬。十年的奔波与浮沉，于我是一种专注于生活的全神贯注。生活的表象无比粗糙，好在长久以来，我学会了用文字自说自话。我不知道别人撬动生活的支点藏于何处，于我，就是写下了这些文字。我写下它们的时候，怀着渴求，不写不能释然。因为它们，我终于见到了自己，知道自己正经历着生命中每一个美丽的时刻，所有繁复的花瓣一层层打开，那些悲欣交集的滋味。

然后，渐渐地学会平静地与自己、与生活和解，只想在光阴的河里，做一个凡俗的女子，一团和气地活着。开始学会放弃，亦学着捡拾起。这是真正的人生之秋——伸手可以采摘到硕果累累，即使秋霜步步逼来，亦不畏惧，因为内心蕴蓄着满满的喜悦丰盈。

于是终于有了一种美，一种与年龄无关别样的美。或许应该感谢岁月，它让你哭过、见过、经历过。然后，才有了一份从容淡然。

那些生命中重要的人，因你而来，丰富你、厚重你，拓展了你生命不同的疆域，让你成为你从未想过的样子。梦想是必须。因为"直须看尽洛城花"啊，如果可以一直在赶往喜欢的人与事的路上，那再多的山长水远又何妨？

中年以后，循着基因的密码，我找回了我的茶。那些之前化作暗纹的童年与少年的记忆，多年之后，逐一重新浮现于生命的版图。这来自武夷绿水青山之间的女子，必然在自己的世界中、在血脉的流动里感知过山间溪流的潺潺、云雾的呼吸、草木的密语、茶韵的芬芳……山里女子的宿命，无非就是如此，在山的这一边，或者到了山外。

人在草木间，好在还有一杯茶。于一杯茶里，看见了祖辈与父辈们筚路蓝缕的艰辛，见得草木山川的深切情意，更看见跌跌撞撞一路行来的自己。惊觉成为一杯茶，原来需要一辈子的修为。

喜欢一袭布衣，坐于明窗之前，看窗外的风景，冲一盏时光历练过的"梅香",看茶烟袅袅升起。

饮下这殷红的茶汤,终将明白:时光终有灰烬,万事万物,有始有终 —— 对所有过往与未来,请记取,请放下,请期待,请感恩,请悲悯。

莫失莫忘,那一杯茶汤里朴素谦卑的初心。

那方是生命的本相,是恒久不变的、极深极深的内里。

目录

一梦一故乡

一花一世界

一茶一相逢

一梦一故乡

人在草木间

四月的天气真好。好到我一直想到阳光里的茶园去走走。

雨后的阳光格外温淡，寂静的山谷中，浮动着薄薄的轻雾。一条清澈的小溪从谷底流过，带着兰花菖蒲清甜的气息。

群山寂寥，群山喧哗。

我循着青翠的碧苔的足迹，走进山水深处。

苔藓给所有的植物的枝干，穿上了一层绿衣。崖壁上、石阶上、小径旁、小溪边、茶树上，嫩黄、淡绿、浅绿、深绿、褐绿、墨绿，大自然用它的画笔随意地挥洒涂抹。

这是茶的王国，所有的茶树，一棵连着一棵，一棵拉着另一棵的手，在传递着她们的密语，为即将到来的茶季，为她们注定平凡而又传奇的一生。

茶园里，火红火红的杜鹃在吐蕊怒放，像一场告别春天的宏大交响。

不知不觉，春已暮。

不知不觉，已半生。

想起很久很久以前，我与友人缓缓穿行在这些林壑幽谷，惊叹与草木山川、与茶奇妙的遇合。她感叹："在你故乡的土地上、阳光里，你灿烂如一棵树。"

如果真的如她所言，那我愿意是一棵茶树。

在即将到来的暮春，茶树的鲜叶，都会被采摘。

采摘下的鲜叶，在萎凋之后开始做青。几乎一整夜的不眠不休，不停地被摇晃、碰撞、静置。

一路磕磕绊绊，经历了一身伤痕累累之后，才变得成熟。

然后，高温杀青让她们褪去青涩。

揉捻，一样要遍体鳞伤。如此，遇水才容易舒展绽放。

而后，一遍一遍地焙火——经历生生死死的轮回，生而可以死，死而可以复生。

最后，她们终于静静地躺在茶盏中了。

一股滚烫的水下去，一缕幽香浮起。没有惊喜，亦没有不平，她们在杯中绽放，还给你野花的清芬、月光的婉转、阳光的炽热以及大地的芳泽。

我走向茶园深处，如走在儿时的那片故园。

那一棵棵扎进断崖缺石的茶树，我知道，她们高傲的根系在时光的幽暗处与世界息息相通。

她们在自己的世界中自足，在自己的世界中遇见整个世界。

此刻，我正在她们之间。

真的可以活成一棵茶吗？从清晨到暗夜，从春到冬，从青春年少到白发苍颜？在那些苍翠的崖壁上，呼吸高山峡谷的云气，听虫鸟动听的歌吟——见风、见云、见美；见月光、见星空、见寂寞；见山川、见河流、见一切辽远的记忆；见爱情、见繁花满地，任苔藓、兰草和地衣蔓延，活成一棵苍苍的老枞，独自饮尽孤独？

真的可以？

万物无声。

一树树老枞的枝干上勃发出片片鲜嫩的新绿，在浩荡的春风里。

天地有大美而不言。

寻　梅

在所有的花里，我可能最爱梅花。

也许来自基因和遗传，我的祖父，就非常爱梅花。祖父是周宁人，1949年毕业于福建学院法学专业，1949年后的几十年，却与武夷茶结缘，成了茶叶专家。他的身上，有浓厚的文人气质，比如，他很爱写诗；比如，会从诗词里为我取一个稀奇古怪的名字——悬冰。

"悬冰"之名，来自毛主席的《卜算子·咏梅》："风雨送春归，飞雪迎春到，已是悬崖百丈冰，犹有花枝俏。俏也不争春，只把春来报，待到山花烂漫时，她在丛中笑。"赞美梅花，本可以直接叫"咏梅"，可他偏偏不，爱梅却不着一个"梅"字，"悬冰"是梅花绽放的冰天雪地的绝境，而这绝境反衬着梅的孤高、勇敢、大气磅礴。

可惜，近半个世纪的实践证明：人未必如其名，我深深辜负了祖父的期望，活得潦潦草草，更像那个简化版的别名"玄冰"。

当然，哪怕我活成了"玄冰"，也并不妨碍祖父爱我。2001年，我陪他到厦大与同学相聚，他那些白发苍苍的同学们对他说："你的这个孙女，很像小时候的你呀。"我发现他的眼里有欣慰、有满足。

那年的寒假，我回家过年。一个晴朗的午后，我牵着祖父，沿着家门口河边的小路走向郊外。在郊外一座古老的小石桥边，邂逅了一树明艳的红梅。有微风拂面，但已是和煦的春风。身边的崇阳溪水绿如蓝，一群白鸭在渡头戏水。那座历经百年风雨的廊桥静默在远处的沙洲，到处草长莺飞，杂花生树，春天已到人间。我们俩坐在一块大石头上，祖父随口吟出一首小诗《咏梅》：

> 雪压霜欺万卉衰，傲寒抖擞有陇梅。
> 冷香暗发南山下，春讯蓦然独步来。
> 未与群芳争色艳，为消岑寂吐花蕾。
> 生机点翠天涯路，零落成泥又一回。

多美的诗意，我们相顾一笑，在春风里。我只是不曾想到，这竟是老人留给我的最后的诗句。花开花落，生命轮回，但是，有一种力量，融进了我的血脉里，安安静静，亦生生不息。

年年岁岁花相似，故乡的冬季，有最烂漫的梅花。我想如果没有梅花，武夷山的冬天该是多么乏味。

最冷的时节，就该踏雪溪山、寻梅林壑了。

有一次，一个极寒的化雪的清晨，和父亲往流香涧访茶。父亲老了，眼睛不好，腿脚也不再利索，我就一路牵着他。

雪后的慧苑寺，犹如青山绿水间的一朵白梅。在清澈的章堂涧边，一树红梅寂然独放。涧边的茶枞郁郁葱葱，在熹微的晨光里闪闪灼灼。

父女俩在梅花下歇脚喝茶，静静地看着落梅点点，流向远方。"爸，下回我们带一泡水仙来这里喝吧，要用这山涧里的水才好。""好，下次，一定。等这里的梅花再开的时候。"——就当是我们的一个约定吧。

不知从何时开始，儿子子由喜欢跟在我身后，跟着我去寻梅。晴朗的冬日，阳光正好，我们在故乡的乡野里游荡，寻找那一树树的深红浅白。有一次，在一条清澈的小溪边，我们邂逅一片梅林——那梦幻般的洁白呀，如果不是满树的蜂飞蝶舞，我会怀疑自己是在梦境

之中。

春风浩荡，点点飞花随流水，小子由吃着棒棒糖，扑在我怀里，感叹："妈妈，美就是短暂的呀！"我吓了一跳："是的，小诗人，美是短暂，但爱是永恒的。"亲爱的小孩，请珍惜和妈妈在梅花雨中的拥抱吧。

家里有一款存放了三十年的老茶，我们为它取了一个名字——"梅香"。还有什么比"梅香"更美的名字呢？在一杯茶里封存一段时光、一方山水、一片草木、一番心境、一派鸟语花香，然后让它一日日一月月一年年地圆满通透起来。

每一次，当我安静地饮下"梅香"，那一缕茶香、一脉花魂就在那琥珀色的茶汤里，在岁月深处，散发出属于梅的也属于我的动人醇香。

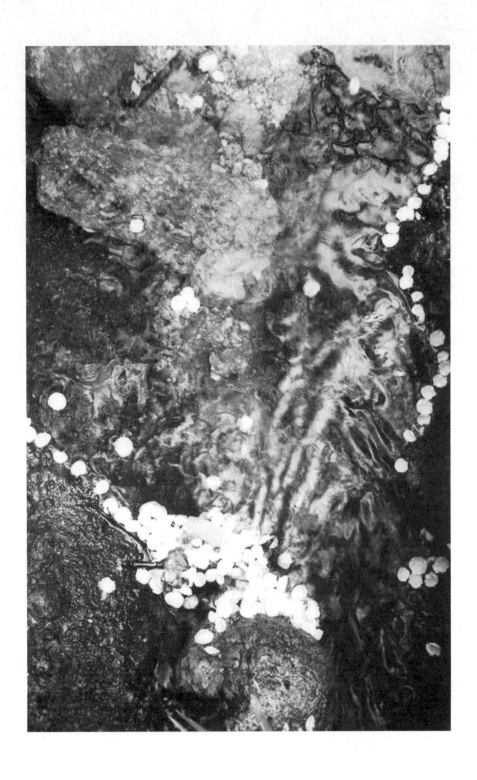

淡淡秋光

每年，秋天来时，老屋里的兰花就开了。

其实我家的兰花是四季都开的，不独开在秋天。

有时，院里的那棵桂花也开了，但我不会把它们弄混，桂花的香是浓的，层层包裹住你。兰花不一样的，若即若离，刻意要闻，没有了，不经意间，它又回来了。

在武夷山，种兰花的人家是很多的。有时在农户家里，也会见到屋檐下、墙角边，摆着几盆。大家只把它当作是一种草花，开花时可以闻香，花谢了，还可以赏叶。人之于美，有同嗜焉。

家里最早的兰花是祖父二十多年前种的，那时他有空了，闲来无事，除了挖空心思给我们做好吃的，平时就是读书、看报、泡茶、种点小花小草、写几首小诗，得意时还要吟诵的，用他闽东老家的方言。

花都是普通的品种，每年春天"柴头会"上买的。买回之后，需要换盆，换上种兰花的基肥——泥土、谷壳和干牛粪等。所以，我从十几岁的时候就知道了，不独是莲花出淤泥而不染，清雅的兰花原来也是长在牛粪里的。这算不算一条很重要的人生启示？

那些兰花被摆在院子里背阴的花台上，好像从来就长在那里一样。

那时候，祖父经常写诗，七律写得很好。我发现他的落款是

"爱兰轩后人"。据说他的父亲、我的曾祖父酷爱种兰，自号"爱兰轩主人"。

说起他的闽东老家——那个鲤鱼溪边的小村落，祖父就无比神往，他说过去他们的家里，天井里种了很多兰花，开花时的那种气息，是他终生难忘的。

老人是清高的，有诗《赞周宁浦源鲤鱼溪》为证：

> 山村间巷泻银河，妙趣奇观费琢磨。
>
> 满目潜鳞翻细浪，一溪鼓鳍尽穿梭。
>
> 不跃龙门求紫贵，甘居浦水弄清波。
>
> 超尘绝俗堪惊世，毕竟忘情此乡多。

——名为写鱼，其实写的还是他自己。

不是所有的人他都喜欢交往，那时候，最受他欢迎的人叫曾峰秋——一个落泊潦倒但才华横溢的聋哑人。他是"文革"时下放到崇安茶场的，耳朵是被别人打残的。他一来，祖父就大喜过望，忙着指派我端茶倒水，纸笔侍候。他们笔谈，夹杂着手势，说的内容上至天文，下至地理。

两个人神采飞扬，不时发出会心的大笑。有时，我也在边上，被感染着，傻笑。

原来，人生得到知己，是这样的幸福。

有一次，曾峰秋指着我对祖父说："她，漂亮又聪明！"自己听不见的人说起话来声音大得吓人。第一次被人这么大声地喊着表扬，我很害羞，赶紧跑开了。

1999年，家里来了一群客人，是祖父几十年前的学生。他们送来一副刻在木板上的联句："朗月照人如鉴临水，时雨润物自叶流根。"这副林则徐拟的联句恰巧嵌进了祖母的名字和祖父的姓氏，甚妙。

10

他们要请祖父回去参加他们母校的校庆。祖父只在那个自己复办的中学待过两年，却让这么多人记住了他一辈子。

盛情难却，祖父回去了，也回到了他父亲的"爱兰轩"。据说那里已经破败了，还住着他们家原先的一个本家，老太太说主人回来了就分你一株兰花吧，她从来没有分兰花给别人，这可是当年从"破四旧"的人手里抢回来的。

祖父带回的这株兰花，在之后的几年里，在我们家里，一株发成一盆，一盆又分出几盆、十几盆……

草木有情。

祖父生病的那些年，养花的任务交给了我们。夏天的时候，我和我哥会一起去挖兰花。那些时候，山涧溪流的两侧常常还能挖到野生的兰花。这是一件很愉快的工作，有一次，我们无功而返，却在路边发现了一棵树型很美的梅花，我们花了很大的力气把它挖回家，种在院子的一角，可惜，第二年它就死了。

又过了些年，祖父和祖母都病倒卧床不起了。祖母是老年痴呆症的晚期，已经不认识家人很多年，而且不再开口说话，但唯独祖父握她的手、喊她名字时，她的眼里会有点点泪光闪动。很长时间，她陷入植物人状态，我们看着她饱受病痛的折磨，却又无能为力。

祖父让我们把祖母的床摆在他身边，他要看着她，听她的呼吸——十七岁时美好的少年往事、六十三年的风风雨雨，也许，只有这一切，才足以抚慰和温暖余生。

那年冬天，我回家过年。阳光灿烂的一天，我扶着祖父在院子里晒太阳。又有几朵兰花开了，祖父凑过去闻了闻，也不知他是否又一次闻到了小时候和故乡的味道。

大概，人的一生里，都一定会有一样他用尽心力去热爱的东西。这样，才可以在漫长生命的某些瞬间，或欢快或沉重地回过味来。

因为是真正发自内心地着迷过，所以这热爱不会突然消失，而是会伴随着他，直到永远。

2008 年暑假，我带着儿子回武夷山。有一天，回到老屋整理东西。

祖母陪嫁的那只羊皮箱还在那里，积着厚厚的灰尘。我很费劲地把它打开。里面有一卷泛黄的纸，轻轻解开，是一张民国时期的婚书，上面有新娘、新郎、证婚人的名字，还有一张老照片：一个美丽温婉的女子披着婚纱，身边站着她的新郎。

他们站在那里，微笑着，望着我……

悲欣交集。

万水千山，我和他们，已不知相隔几生几世了……

雪，落在故乡的土地

周天晚上，子由同学坐在书桌前咬笔头，我想一定是在苦思冥想他的周记。果然，儿子说："妈，今天的周记我想写雪，武夷山的雪。这次可是我第一次看雪哦。"

夜里，等他睡着，我看到他桌上的草稿，结尾是这样的话："雪融化在土地里，总有一天，它会以另一种面目出现在人们面前，也许是另一场雪，也许是一朵云。"

亲爱的孩子，妈妈被你的句子打动了，我也想念这落在故乡的雪了。

春节前，江南下雪的那几天，朋友说我们去西湖看雪吧。焦头烂额的我说你去吧用你的眼睛帮我看。后来她发来美丽的雪景，让我配着张岱的《湖心亭看雪》：

崇祯五年十二月，余住西湖。大雪三日，湖中人鸟声俱绝。是日更定矣，余挐一小舟，拥毳衣炉火，独往湖心亭看雪。雾凇沆砀，天与云与山与水，上下一白。湖上影子，惟长堤一痕、湖心亭一点、与余舟一芥、舟中人两三粒而已。

到亭上，有两人铺毡对坐，一童子烧酒炉正沸。见余，大喜曰："湖中焉得更有此人！"拉余同饮。余强饮三大白而别。问其姓氏，是金陵人，客此。及下船，舟子喃喃曰："莫说相公痴，更有痴似相公者！"

　　湖心亭的雪，美了几百年。张岱寥寥几笔，尽得雪之风流。但其中最吸引我的，应该是雪中的相遇吧——一个与你一样的人，在这样的雪色与心境中，与你不期而遇。相逢一笑，对坐对饮尽此杯，一切尽在不言中。

　　湖心亭的雪，终究是张岱的雪，不是我的雪。我渴望着一场属于我自己的雪，在故乡。

　　小时候的冬天总有几场大雪。寒风呼啸了一夜之后，我在蒙眬中醒来，咦，发生了什么？透过绿色窗帘的天光有些不一样。大公鸡的啼鸣似乎是从更远的地方传来，我爬出被窝，悄悄揭开窗帘的一角：啊，一个崭新的白茫茫的世界。

　　大雪是神奇的魔术师，把寻常的乡村，点化成了美丽的童话世界。我奔向小院里的兔子笼，打开门，我养的大白兔一家正紧紧依偎着彼此取暖。再看看鸡窝，一群叽叽喳喳的小鸡躲在芦花鸡妈妈的翅膀下安然无恙。

　　我安下心来，开始堆一个雪人，把一大一小两个雪球叠在一起，然后用木炭做两只眼睛，再安上一个胡萝卜的鼻子，雪人就堆好了。怕它冷，我找来一块格子布条，系在它的脖子上。男孩子们都疯了，他们冲进茶园，滚雪球、打雪仗，寂静的茶园沸腾了。

　　化雪的夜晚，格外寒冷，妈妈生起一个火炉。我们围着火炉烤火，把地瓜、花生、荸荠放在炭火里烤，经常还没能等到熟就抢着吃了。渴了，就跑到屋外，折下屋檐下的冰挂，吃冰。

　　化雪的夜，茶园是寂静的。茶树上覆盖着白雪，茶园里溪水潺潺。小时候，漫山遍野的茶树如此寻常，我从不知道它们会在未来的某一天再度与我的生命交集。

　　故乡的雪，一别就是数十年。

　　直到2018年，我们再度相遇。在白茫茫的雪世界，我穿越回小时候。冰雪覆盖的茶园，静默如一幅画。太阳升起了，听得见融化的冰挂掉落的声音。茶树们从白皑皑的雪中透出青翠来，被寒冰包裹着的小花在阳光里清澈透明，如亿万年以前封存的琥珀。

冰雪之下，有一些东西正在发生，只是我们看不见——极寒的冬天深处，并不是生命的悲苦，处处跃动着生生不息的不屈的灵魂。红梅傲雪，梅花是冬天里的另一场大雪纷飞。

下一个春天，我们会从一杯茶里，喝到一片树叶的传奇，品尝大自然的四季节拍。故乡的雪，会在一盏醇厚的茶汤中与你重逢。

"落在一个人一生中的雪，我们不能全部看见。每个人都在自己的生命中，孤独地过冬。"生命是孤独的旅程。我们从小时候出发，用很长的时间，学会在风雨中行走；也用很长的时间，学会被感动。比如被一朵花开、被一场雪感动。

我走向山水深处，在一场纷飞的雪中，让儿时的花重开一遍，从种子那里。

风的方向

夏天，我去了一趟父亲的老家，我的祖籍地，闽东的小城周宁。我陪着姑姑们来到了爷爷奶奶生活过的村庄。

不曾想，那青翠的茶园、飘过的白云、路过的一阵微风、深埋在泥土中的浆果、小石子铺就的小巷，都令我感到无比的熟悉和亲切。

我在百年老宅里流连。

那些镌刻着故事的木雕、砖雕，依然鲜活着，仿佛上一刻还被奶奶清洗过，当夜晚来临，依然会透过几十年前的月光，或明亮或昏黄。

我坐在大门的台阶上小憩。一条碎石子铺就的小路连接着其他的小路。我想起奶奶说过的那些冬天：寒风像刀子一样地四处乱窜，白雪堆积着，年少的她，背着孩子，戴着一顶斗笠，穿着木屐，到村子的水井边去挑水。木屐在石板路上"踢踏踢踏"地发出一路的脆响。

她咬着牙，摇摇晃晃地走在这崎岖不平的小路上。

也是在这个门前，省城学校回来的爷爷，用布条拴住姗姗学步的儿子的脚趾，把他当作小狗一般牵来牵去。而几十年后的此刻，依稀听得见欢快的笑声在陋巷间飞去飞来。

门里的天井中，已经没有了兰花。爷爷奶奶告诉过我，这个天井里，以前他们种满了兰花，花开的时候，前前后后几栋房子都能闻见。而曾祖父的书房，名字就叫"爱兰轩"。

奶奶还告诉过我，她离开这座房子之前，在这个天井里烧掉了家里的书。"这房子里，几代人所有的书。真是多啊，我烧了三天三夜都没有烧完。"奶奶说。那次离开之后，这一生她就再也没有回来过。

村庄里有叶氏祠堂，我走了进去，抬眼见到"让德可风"的牌匾。据说这块匾原先挂在之前去过的那间老屋，记录的是二十世纪四十年代我的曾祖父获选国大代表后又谦让给别人的旧事。

想想我的家人，凡事与人无争、与世无争，恬淡天真到透出傻气——原来也是有出处的。

不禁莞尔。

不过，曾祖对子孙也是有期望的，他曾经写过一首《屏南任上示儿》：

举室成真此日游，双溪无恙又经秋。
深期汝辈为麟凤，莫使而翁作马牛。
故里尚存三径菊，何时更乞五湖舟。
人生立品需清贵，胜有斯文最上流。

还是那么清高。但愿我们没有辜负他的期望。

走出祠堂，门口的台阶上坐着一位老太太。她抬头看了我几眼，声音柔柔的，用闽东方言问我：

"妹呀，你是谁？"

"妹呀，你从哪里来？"

"妹呀，你要去哪里？"

"我是那边五家底叶家的。"我指指老屋的方向。

"我从很远的地方来。"

"要到很远的地方去。"

"那你吃过饭没有？到我家里去吃吧。这里所有姓叶的人家，你都可以走进去吃饭的。"

老太太握着我的手，仔细地打量我。那是一双非常柔软的手。

忽然就有一种感动。

在一位叔公的带领下，我们来到了曾祖父的墓前。我们劈净杂草，将沿途采摘到的野花，敬献在他的墓前。

群山寂静，唯有蝉鸣。

这一刻，突然地明白：我不是一个没有根的人，我的基因，以我所不能明白的方式，已经清清楚楚记载着这条血脉延伸的全部。

20

我亦不是没有故乡的人。这一处我初次到来的地方，在我祖父祖

母的讲述中，曾经反复触动过我的本能和命运，并且永远留住了我。

我已经千百次地来过这里了。

今天的我，似乎突然拥有了生命中前所未有的勇敢，而且还可能继续勇敢下去。

我站在高高的山头，眺望。夏天的风不知往哪一个方向吹。

河那边的村庄正安静地横置于世界的明亮之中——那夏日炽热的明亮。

奶奶的粽子

有时，我会在遥远的都市，想念故乡的四季。

初夏时节，端午前后，厦门的大街小巷里，飘出了粽子的香气。突然就想，我已经很久很久没有吃过粽子了——老家的粽子、奶奶包的粽子。

初夏，是武夷山最美的时节。晴朗的时候，天蓝得像一片瓦，竹子绿得像一丛丛碧玉，溪水依然不知疲倦地奔向不可知的远方。

云很顽皮，一朵一朵，不知从天空的哪个角落冒出来。像一群群小鸟，从瓦蓝瓦蓝的天际飞过。

茶的季节到了。积攒了一个冬天的生命，在属于它们的时间里，恣意盛放。有一些火红的杜鹃陪伴着，星星点点，开在崖壁、山涧、茶园。

小时候的端午总是下着雨，绵绵密密、无边无际白色的雨，把天地都包裹住。"咕咕咕—咕咕咕"，鹧鸪声声，穿过雨幕，抵达我们的耳际。

到处都变得很干净，然后，溪水、河水涨得满满的。水涨得满满的时候，就可以划龙舟了。小孩子们都迫不及待地穿上塑料凉鞋，在街道、小巷的积水里跑来跑去，玩水。过了端午，天就热了，水也不再这样清凉。

端午节，我的奶奶是很忙碌的。奶奶管端午叫五月节，一年之中,除了春节、中秋,排名第三的就是端午了。

端午前后,奶奶要买上好几斤的雄黄,用自家酿的米酒调成雄黄酒。她用筷子在我们每个孩子的额头上点一点,然后每人喝一小口,剩下的,就洒在房前屋后的山坡上。据说,这样做过,蛇就不会来侵扰我们了。

不过此法似乎并不管用,家里依旧每年都有蛇族光临。最惊险的一次是一条蛇盘踞在客厅沙发上,我没注意,傻傻地就那么坐了下去。当我们于惊魂未定之际发问:"不是都洒过雄黄酒了吗?"奶奶一定会说:"是啊,不然蛇会来得更多的!"——有胜于无,多胜于少,她是天生的乐天派。

端午的重头戏当然是包粽子。雪白雪白的糯米早早就浸在清凉的井水里了,粽叶们也洗得干干净净,准备好了。奶奶的粽子,核心技术只有一样——豆沙馅。通常是红豆沙,自己做的。把红豆煮熟之后加糖和油在大锅里慢慢地、细细地捣烂,捏成团子待用。

然后,奶奶登场了:两张粽叶在手里一折,做出一个角,加泡好的米,压进豆沙馅,再加米,然后再一折,一卷,用稻草紧紧一扎——还没来得及看清,一个楚楚动人、骨肉停匀的粽子闪亮登场了。

还没煮过的粽子穿的是鲜绿的春装,稻草做的腰带,透着秋天的味道,给新鲜抢眼的绿色,带上了一抹柔和。

很多年以后,居然看到老树也赞美粽子超前的包装:"一糯隐于一苇,至朴至素至简。看看眼前世上,奢华繁复无边。"——真是于我心有戚戚焉。

做好的粽子,放在烧柴的土灶里用大火慢慢熬煮。

几个小时之后,粽子煮熟了,我们会把一挂挂煮好的粽子挂在竹竿上晾。

不等到热气散尽,我们就开始吃粽子了。

解开稻草,撕开粽叶,一股清香扑鼻而来。咬一口,是糯米的

清新,再咬，难分难舍的豆沙和糯米在你的味蕾上纠缠，继续，味渐渐淡了，最后，依然是糯米绵绵的清香。

吃一个粽子——始于渐入佳境，最后由绚烂归于平淡。

小姑姑的两个同学每年都来我们家吃粽子，她们兴高采烈地埋头苦吃："啊，舌头都快吞下去了！为什么你们家的粽子长得这么好看，又这么好吃呢？"

吃罢了粽子，奶奶会让我到叔叔姑姑们家里去送粽子，等粽子都分完了，奶奶才会心满意足地坐在大厨房里，自己吃一个。

后来，奶奶不会做粽子了。不但是粽子，什么都做不了了。她病了，在很长的一段时间里，这个曾经最爱美、最干净、最清爽、最好强、最能干的女人，忘了自己是谁，当然，也忘了这个世界。

奶奶去世的时候，我从厦门赶回老家。在摇摇晃晃的火车上，在无数琐碎的细节里，我试图去拼凑出她一生的某些片段。夜，一片漆黑，两列火车交会的瞬间，一些光点，转瞬即逝，所有记忆的碎片，亦转瞬即逝。有时，一生，也就不过如此一瞬。

我们为她穿上她最爱的粉色衣裳。她把粉红叫做水红，说女人就该喜欢这样清爽漂亮的颜色。我小时候，她爱买粉红的衣裙给我穿。后来我也爱粉色，乡下的小女孩都爱。

出殡的时候到了，在离家的第一个路口，我跪在那里，认认真真叩了三个头。

奶奶，请你记住回家的路。

从那之后，似乎没有正经吃过粽子。闽南的粽子，馅料油而腻，来到厦门二十多年，一直没有接受。

味至浓时即故乡，人的味蕾，大约总是连着心的。幼时和故乡的种种，很多时候，都昭示着我们一生的来路和去向。

其实，有些味道，粽子或者其他什么，尝过，也就够了。

一年又一年

当我很小的时候，冬天最冷的时节，我抱着我的大花猫，坐在家门口。

抬起头，冬日的天空阴沉沉的，远山，愈发显出青黛的颜色。而那抹青黛色的顶端，不知何时，已经积起了厚厚的白雪。那远山，我在夏天的时候曾经去过，跟着大人拉木头的大卡车。

那是我去过的最远的远方。我坐在大卡车的车头，穿过一片片茶园、越过一条又一条小溪，转过一个又一个弯道。

远山、树林、茶园、小溪，还有那些数不清的小花小草，几乎就是我的全世界。我完全不能想象，那座大山之后还能有其他的世界。

我坐在家门口，看着屋檐的冰挂上滴下的水滴，感觉有点无聊。

幸好，这最冷的时节，空气中会时不时传来各种香气。炒瓜子、炒花生的香味，肉在锅里翻滚时发出的酱香。不知是谁家里在做麦芽糖，麦芽糖的香气很诱人，诱惑着你不停地深深呼吸，直到被那股浓香甜腻到不能呼吸。

原来，在最冷最冷的冬天，有一件很重要的事，就是要过年了。

以前，在我们老家，过年是一年中的头等大事。

小时候，真的很盼望过年。过年的有趣，不仅在过年本身，还在那些盼望和等待。

过年就可以穿新衣服了。天气晴好的一天，妈妈牵着我的手，带我到高苏坂的那家小百货店去买做新衣服的布料。所谓百货，其实只是一家黑乎乎的小商店，在卖布的柜台前，妈妈让我自己选了两块花布。一块是蓝底小红花，一块粉底小白花。接下来的几天，妈妈照着一件旧衣服的样子，裁裁剪剪，在灯下细细地把白白的棉花夹进两层布里，又仔细地缝了又缝。终于，我的新棉袄做好了，妈妈招呼我过去试穿，我很开心。因为小碎花的新棉袄，柔软又好看，散发着阳光一样的温暖。小毛衣早就织好了，是明亮的桃红色，妈妈很细致地用翠绿的毛线点缀了几朵小花。

妈妈把新衣服放进柜子，告诉我说一定等到过年的时候才可以穿。其实，趁着妈妈不在的时候，我会偷偷拿出来穿。

简直来不及了呀，年为什么还不来呢?

蒸年糕，是奶奶的一件大事。

雪白的糯米早早就浸泡在井边的大盆里了，奶奶用井边的那个石磨开始细细地磨浆，一个人推磨，一个人添米，很快就有浓浓的米浆流出来了。磨好的米浆要装在布袋里，用大石头压干水分。然后加糖搓揉。我们都喜欢红糖年糕，奶奶就做红糖的。

揉好了浆粉，奶奶把它们装进铺了布的蒸笼里，然后拿出一小碗红衣花生，让我做一件重要的事：用花生米摆出好看的"春"字。

这个工作是我喜欢的，我欢欢喜喜地摆好一个又一个"春"字。

奶奶有时会不满意，如果觉得我摆得太小，她会再加几个，让笔画延长，占满年糕的整个表面。然后，就可以上大火蒸了。整整一天，家里都笼罩在一派甜香的水汽里。

墙上的灶王灶婆，在蒸腾的水汽里满意地看着我们忙碌的一家。

终于到了除夕。

一大早，奶奶就交代说今天大家不可以吵架，不可以哭，不可以抱怨。

于是，这一天大家都小心翼翼，互敬互爱，一团和气，开开心心。

如果有谁不小心摔碎了碗，奶奶一定用最快的速度，收拾起碎片，然后大声说："不要紧啊，岁岁平安！岁岁平安！"

简单吃了午饭，奶奶就开始指挥大家贴春联了。我家以前的春联多是我爷爷自己拟的，爷爷终于找到他一展才华的机会了。拟的那些联多写田园之乐，真正清丽脱俗，可惜现在大都忘了。

只记得有一回贴的是"茗外风清移月影，壶边夜静听松涛"，横批他在"与人同乐"和"怡然自得"间犹豫，他看看我。我说："就怡然自得吧，哪有那么多人可以同乐？"

奶奶煮好糨糊，哥哥爬上梯子去贴，爸爸在边上看是不是正了，我在一边递刷子，一切缺一不可、井井有条。

大门贴了有中门，中门贴了还有小门。

贴上了春联，一个家里里外外都喜气洋洋了。

然后就开始准备年夜饭了，我坐在灶边烧火，把灰拨开，往里面添柴。红红的火光映在脸上，很温暖。

三点钟左右，外面陆续就响起了鞭炮声，这是有些人家开始吃年夜饭了，老家的习俗是谁家的年夜饭早谁就能抢到来年的好彩头。

爷爷炒菜的手不由得停顿了一下，我也赶紧往火里添了两块好柴，让火旺旺的。

很快，我们家也吃上热气腾腾的年夜饭了。

烧着炭火的铜火锅在沸腾。裹了蛋液的年糕煎得两面焦黄。过年的时候，我最爱吃的是冬笋。武夷山的冬笋很多，味道也特别好。年夜饭，爷爷做了卤冬笋、冬笋炒香菇、笋丝火腿炖粉丝，香而不腻，样样都是我喜欢的。

外面的鞭炮声响成一片，透过烟花的光影，原先清静的小城也倘恍迷离得不真切起来。

吃罢晚饭，一家人围着小小的黑白电视看晚会。如果天气太冷，我们会点一个火盆。我们把小土豆或者荸荠、地瓜埋在火边烤，然后挖出来抢着吃，真香。

午夜时分，奶奶摆好一桌的供品，点上香，告诉我说要把祖宗和年都请来。供品的边上摆着一盆芬芳的水仙，奶奶觉得水仙代表了她真诚的心意。

忙完这些，我们终于可以睡了。

迷迷糊糊总是梦。这一天为何这般郑重又这般匆匆呢？

醒来，有时有大惊喜。

不知何时落了雪，白茫茫的雪光中，推开大门，一地鞭炮的嫣红在喧闹里安静着。

我低下头看了看身上桃红花朵的新衣，映着雪，那么清，那么艳。

奶奶给我们一个小红包，里面装着压岁钱，然后，就招呼我们去喝糖茶。热茶里加一小勺糖，喝下去，这一年的日子就甜甜蜜蜜了。

爷爷会拿出他珍藏的好茶，泡给大家喝，用一个白色的大盖碗，那碗盖上赫然几个大字："为革命卖茶。"我至今记得那杯子的模样，当时并不知是何意。某年仿佛也喝到过母本大红袍，他与我爸相谈甚欢，颇为兴奋地品评着，认为母本树龄太老滋味不如其他名丛等等。可惜当时亦完全不解其意。

很多年过去了，爷爷奶奶早就不在了，我们也搬离了那里。但只要有回家，我都会去看看。

老屋有点荒芜了，但那口老井、那片小山坡、那棵桂花树、那棵永远没有结过果的猕猴桃，它们都还在那里。

有时，我也烧壶水，泡杯茶，什么也不想，就那样喝喝茶，静静坐坐。"鹁鸪鸪，鹁鸪鸪"的鸟鸣声从远远的山坡上传来，和我小时候听到的一模一样。

我的小时候再也不会回来了。我亦出走半生，倦羽归来。

再过些天，又是一个年了。日渐年迈的父母，在电话里小心翼翼地询问着我的归期。

君问归期应有期。这世间于我，唯有故园的灯火是永远的等待。

那些曾经得到的温暖、呵护和爱，亦是永远不灭的等待。

三两梅花已开，不如归去，赴那场，旧时约定。

写给父亲节

六月的一个周末，大雨倾盆。

午后，在淅淅沥沥的雨声中沉沉睡去。醒来，竟不知身在何处。

恍惚间，手机铃声响起，是老爸的电话。心里不免有些愧疚，本来，上午就打算给他打个问候电话的。

依旧是那样小心翼翼地询问：在忙什么？身体怎样？孩子吵不吵？每天吃些什么？什么时候可以放假回家……不知从何时开始，父母和我说话时开始变得小心翼翼了，也许，从那时开始，他们就开始变老了。

几年前的一天夜里，突然接到家里的电话，让我马上赶回家，因为父亲突然病了。等我赶回家，父亲已经昏迷不醒。

在那之前，我一直觉得父母都还年轻着健康着，还能陪我走很长很长的路。

艰难的治疗和等待之后，父亲终于醒了过来。那一天，我是多么欢喜感恩——人生，有父母在，就尚有来路；若父母走，我们也只剩归途。

父亲是最温良的。记忆里，从小到大，没有对我说过重话。父亲和爷爷关系非常好。小时候，夏天的夜晚，父亲抱着我从家里到爷爷奶奶家，他们父子俩似乎永远有说不完的话，关于制茶、机械改造、茶叶病虫害防治……听着听着我就睡着了，醒来的时候，都趴父亲的肩膀上，在回家的路上。半梦半醒间，总是闻到栀子、玉兰、苦楝的花香——那些小时候的味道。

小时候的我，体弱多病。夜里发病的时候，父母总是等不及天亮，就抱着我往农场的医务室赶。一个下雪的夜，我又发起了高烧。父亲用毯子包着我，紧紧抱在怀里，深一脚浅一脚地，穿过茶园里的小路。我伸出小手搂着他，感觉就是马上要被打针，也不那么害怕了。

在二十世纪七十年代贫瘠的乡村，父亲不知积攒了多久，买了一部海鸥牌相机。至今留下的小时候的照片，都是父亲的作品。他让我长时间地保持微笑，这令我很累。当然，他总会哄着我，在我真正不耐烦之前摁下快门。前些年，他看到我 5 岁时的那张照片，还会激动地回忆起，那一天是他帮我扎的小辫子，我穿的那件小褂，上面有一朵粉色的小花。因为找不到一堵白墙，他让我乖乖坐在床边，用白色的蚊帐做的背景。

"可惜，自己洗照片的时候，技术不好，洗反了，所以，你眉头的那颗痣，在照片里变到了另一边。"

十九岁那年，我遭遇了一场惨痛的意外。在生命的尽头，我只想我的爸爸妈妈，我用小树枝，在沙地上写道："爸、妈，别难过，好好活着。爱你们。"

种种善缘的巧合，我终于从生死边缘挣扎回来。我醒来，看见了父母艰难憔悴的笑脸。很久很久以后，才从别人的口中知道，为了救我，急疯了的父母差点要给医生们下跪了。

很多很多年以后，某一年春节，雪后，极寒的一个清晨，和父亲往三坑两涧访茶。他的眼睛不好了，我就一路牵着他，走在那些崎岖的小路上。

慧苑寺的梅花正开。几树白梅，衬着碧的屋瓦、红的春联，缕缕暗香盈袖。

清澈的章堂涧边，一树红梅寂然独放。涧边的茶枞郁郁葱葱，在熹微的晨光里闪闪灼灼。

父女俩就静静地在这梅树下，喝一杯茶，看着那落梅点点，流向远方。

"爸，下次我们带一泡水仙来这里喝吧。"

"好呀。"

这就算是我们父女俩的一个约定。多么希望岁月永远如此静好，山、水、茶、人不老，爱与被爱都久久长长……

昨夜，翻看到儿子的周记本，一个醒目的标题映入眼帘：《有多少爱可以等待》。突然想起，这是他之前看一部奥斯卡的获奖短片《父与女》之后写的读后感，孩子的笔力尚浅，还不足以达意，但这题目确是好的。

我陪他一起看的短片：

32

不知是在哪年哪月，风轻轻吹动着树梢。一个男人，骑着自行车，带着一个小女孩，来到了一个湖边。他轻轻吻了吻小女孩，把小女孩留在岸边，然后踏上一叶小舟，奋力划桨，消失在了水天相接的地方。父亲再也没有回来。

之后的每一年，渐渐长大了的小女孩都来到同一个地方，痴痴地眺望着远方。时光飞逝，小女孩恋爱了、嫁人了、做了妈妈了，她依然年年来到这里，痴痴地等待。

终于有一天，小女孩已经变成了满头白发、佝偻弯腰的老妇人，她再一次来了。

微风依旧轻拂，湖水不知在何时已经退去。老妇人步履蹒跚地向湖心走去，水草的深处，有一叶小舟静静地泊在湖心，老妇人安然地蜷缩在小舟上，如小小的婴儿、带着满足的笑意依偎在父亲温暖的怀抱……

　　是的，人来人往，缘来缘去，来日并不方长，有多少爱可以等待？

　　"我们路过高山，路过湖泊，我们路过森林，我们路过沙漠，路过人们的城堡和花园，路过幸福，我们路过痛苦，路过一个女人的温暖和眼泪，路过生命中漫无止境的寒冷和孤独……"

　　漫漫长路，总是有寒冷孤独，也有眼泪温暖。我们路过、别离、相信、坚守。

　　总有一些是属于我的，那些属于我的，纵是悲欣交集，我必深深珍爱。

盈盈一水间

在武夷山，有一处景致，因为太出名，因为太多人赞美，所以，当我也想写几句的时候，已不知从何下笔，仿佛一写便错。

这个地方就是玉女峰。

传说中的故事是这样开始的：在很久很久以前，武夷山下有一个勤劳、善良、勇敢的小伙子，他的名字叫大王。他带领山民开山浚河，遍植林木，把武夷山变成了一个鸟语花香、山清水秀的温柔乡。天上美丽的玉女姑娘爱上了大王，于是悄悄来到人间，与大王私订终身。王母娘娘非常生气，派天兵天将把玉女捉回了天庭。但是玉女再也不愿意忍受天庭的寂寞了，她愿意变成凡人，与大王相亲相爱终老人间。于是，玉女又一次跑了回来。王母娘娘更加生气了，震怒之下，把他们二人化作了石头。而且，她又一次拔出了那把划出天河分隔了牛郎织女的簪子，在大王和玉女中间划出了一道九曲溪——大王和玉女就这样重逢，又这样永远地分开了。

所有的感情故事，似乎都如此。美好的开始，无言的结局。

小时候总是对王母娘娘心存抱怨，但不知从何时开始，我开始同情王母娘娘——她一定太缺爱了。

朱熹写过一首《九曲棹歌》："二曲亭亭玉女峰，插花临水为谁容？"诗里有难得的温柔。也许，也许那个朱熹与丽娘的故事是真的。

夜读《武夷山志》，书是我爷爷的，线装的新书。读到明人张于

34

垒的《武夷游记》，他说："山中之石，莫丽于大王，正笏自雄，凌霄直上；莫媚于玉女，靓妆顾影，得月尤佳。"——月亮是神奇的魔术师，她会让美的更美。月中看人，婷婷袅袅。月下看山，如梦如幻，美不胜收。

我也喜欢在有月亮的晚上，在那片浅浅的水边徘徊。

每一次回去，都想去看看，大王和玉女，沧海桑田，他们的容颜，是否已经改变？

大王和玉女，隔着一道浅浅的溪水，一年又一年。春草绿了，溪水涨了，枫叶红了，雪花飞了——是一份怎样的爱值得这样去等待？传说里说守望就是幸福的结局。

我不相信那些传说，因为只要是女人都会坚信："与其在悬崖上展览千年，不如在爱人的肩头痛哭一夜。"风吹过树林，叶声沙沙，仿佛有人在风中低语——一个爱字，太重太重。

在玉女峰前，我曾经从黄昏流连到夜晚。他们一点都不曾改变，只有人、只有我们，才早已不是原来的我们。那是有月亮的夜晚，一条月亮河从我的脚下流过。我的语言完全枯竭，只想起了一首古诗：

> 迢迢牵牛星，皎皎河汉女。
> 纤纤擢素手，札札弄机杼。
> 终日不成章，泣涕零如雨。
> 河汉清且浅，相去复几许？
> 盈盈一水间，脉脉不得语。

仿佛也是为他们而写。

静夜寂寥，素月流晖。盈盈一水，关山万重。平生所念所感，一一浮现，交叠于心。终于明白，于山水、于岁月、于故乡，我一直是孤独的游子，过去、现在、未来、永远。

36

觅 渡

在我的印象里，闽北的小城都很美。

因为有水的缘故，每一座小城都是滋润、安静、灵秀的。武夷山更是如此，崇阳溪从一脉青山里款款而来，静静地从我家老屋的门前流过。

在我小时候，家门口到河边这些地方，是池塘和水田。推开大门，远处的青山如黛，眼前的崇阳溪清清亮亮、波澜不惊，河的对岸，就是县城最热闹的一条街了。

从我家这边看过去，是河边密密麻麻的一排吊脚楼。烟雨蒙蒙的春天，衬着溪边的一排垂柳，就是一幅清淡的水墨画了。

门前有一条小路，从稻田里穿过，通往河边的渡口。

其实也有桥，但我们城东这一带的住户，如果不骑自行车，要到对岸上学、上班、办事、逛街，都喜欢过渡。

渡口在几棵百年的大樟树下，樟树是香的，一年四季都有好闻的香味。

撑船的是一位老人，他无儿无女，渡船就是他的家。船尾的部分，用油毡围了起来，就是老人睡觉的地方了。做饭的是一个泥炉，就放在船舱门口。吃的东西总是很简单，不是稀饭就是面条。

摆渡的时间是不固定的，只要有人，就得走。老人的身体还是硬朗的，一甩手，竹篙深深插进河底，用力一撑，船就离岸了。

老人很沉默，几乎不说话。但他认得我们城东所有的孩子，从不向我们要五分钱的过渡费，有时我们抢着要帮他撑船，他也从不阻止。直到我们撑不动，船快在河里打转了，他才拿过竹篙，像赶鸭子似的：小孩子，去，去！

已经过去多少年了，渡船早就没了，那老人应该早也不在了。

有一年夏天，一个傍晚，我带子由去河边玩。就在那个渡口，香樟木暗香依旧。不远处的沙洲里，那座百年的廊桥静默在夕阳金色的余晖里。溪水还是清澈的，几个女人在渡口的石板上洗衣，几个孩子在戏水，惹得小子由跃跃欲试。

有多久没有在溪水里洗衣了？

一直认为，把衣服放在溪水里洗，是对衣服的最高礼遇。当年，我也常常在这里洗衣服的。把要洗的衣服装在篮子里，带一根棒槌、一块肥皂就够了。把衣服涂上肥皂，如果很脏的话，就用棒槌打打，通常是洗被单床单的时候才需要。然后"哗"的一下，把整条的床单甩开，抛进水里，床单上的花花草草，变成朵朵摇曳的水中花草了。不过，不要过分留恋这好看的花草，一不留神，床单就晃晃悠悠，顺

着水漂走了。

　　长大以后，读到"长安一片月，万户捣衣声"这一句的时候，我就会想起故乡的崇阳溪，溪水里的小鱼、水草，还有那绵绵不绝的捣衣声。千古不绝的捣衣声，女人不变的情怀。世事多艰，女人总在承受命运的风吹雨打——"可怜无定河边骨，犹是春闺梦里人"，有时，再深再远的思念也不过事如春梦了然无痕。

　　武夷有水，渡，便无处不在。

　　几年前的深秋，与友人重游九曲溪。深秋时节，洗却了浮躁与喧嚣的武夷，处处都有惠崇的小景画意——处处江边苇岸、寒汀远渚。足够我们所有人把内心的波澜，融入一片宁静。

　　山睡了，水却醒着，我们乘一叶绿色的扁舟滑入一个梦境。偶尔，竹篙击打石头的声响，惊起一只只鸥鹭。涟漪起来了，又归于平静。

　　九曲之行，结束于碧波荡漾处。

　　转回头，遥看烟水苍茫。

　　觅渡、觅渡——已不见来时路。

采　莲

在武夷山里，崇山峻岭之中，有一个山环水绕的古镇，名叫五夫。

五夫之名，始于东晋。大约在东晋中期，有蒋氏者，官至五刑大夫，故有五夫之名。从五夫命名开始，迄今已 1600 余年。

在千年的沧桑岁月里，这个古镇，可谓人文荟萃。

我们可以开出一个长长的名单：从东晋的蒋氏、五代的翁氏到中唐的池氏，再到后来胡氏、刘氏、江氏、连氏等诸多中原望族相继迁入，诗书争鸣。各家族均出过一品大员或封疆大吏，仅进士就有数十名，有"一门两进士，五里三状元"之美誉。至于文人异士更是不胜枚举了，在两宋时期，仅五夫胡氏一家就先后有极具影响的"五贤十大儒"，如胡安国、胡寅、胡宪等人。还有婉约派词宗被称为"北宋第一词人"的柳永，及其家族的"柳氏三杰"。抗金名将刘韐、刘子羽和理学家刘子翚等等。理学宗师朱熹在五夫苦读成名，在胡氏诸夫子身上受益匪浅，后继续在此著书立说达四十余年，留下了紫阳楼、屏山书院和五夫社仓等珍贵遗址。

在一个夏日，我们到五夫采莲。在少时的印象中，五夫就是古老的街巷与遍野的莲田。读中学的时候，曾经和同学来这里采莲。那时的莲田水很多，我们两个女孩坐在一个大木盆里，笑着，向藕花深处划去，仿佛也是那《采莲曲》中的女子了。

荷叶罗裙一色裁，芙蓉向脸两边开。

乱入池中看不见，闻歌始觉有人来。

十里莲塘，荷花盛开，菱歌四起。采莲的女孩，如美丽的荷花仙子，在艳艳的荷花丛中，若隐若现，让人闻歌神驰，久久不能释怀……

但今天，满眼的荷花在夏天的风里轻轻摇摆，让人心生喜悦、爱怜，竟让我不忍摘下它们中的任何一朵了。

最高兴的是小侄女叶茗了，小蜜蜂一般在荷田边撒欢，将采下的莲蓬、花朵、荷叶堆到我怀里："姑姑，快帮我拿好了！"

原来，采莲也需要少年情怀啊。

再欢乐的场景，隔着二十年的时光往回望，也不免有几分惆怅了。

小镇的街道，依然那么古老。鹅卵石铺就的小街边、屋檐下，老人和孩子们都在忙着剥莲蓬。偶尔抬起头，对我们点头微笑，递一个莲蓬过来，让我们尝尝鲜。新鲜的莲子吃起来有点像生花生，有一股清甜的滋味。

老房子一座连着一座，好像我们一不小心，就会和某个古人撞个满怀。

我在紫阳书院的遗址旁徘徊，里面就是朱熹纪念馆，馆中遍植兰花。

这就是朱熹和武夷山的渊源，他成长于五夫、受业于五夫、成家于五夫，最后也讲学授徒于五夫，用他自己的话说就是"琴书四十载，几做山中客"了。朱熹这个人，少年时就有不凡的抱负，喜欢孟子"圣人与我同类"的格言，相信人人皆可成为尧舜。怀着这样的抱负，终于成为儒学的集大成者。即使在被当权者斥为"伪学"、性命堪忧的境地中，他依然坚持自己的学说，在自己的书院中"日与诸生讲学不休"，临终前，尽管眼睛几乎全瞎，但还念念不忘修编自己的著作。

武夷山应该是令他忘情的地方，据说他常常与友人、学生畅游林下。他曾写过一首《九曲棹歌》：

武夷山上有仙灵，山下寒流曲曲清。
欲识个中奇绝处，棹歌闲听两三声。

一曲溪边上钓船，幔亭峰影蘸晴川。
虹桥一断无消息，万壑千岩锁翠烟。

二曲亭亭玉女峰，插花临水为谁容。
道人不作阳台梦，兴入前山翠几重。

三曲君看驾壑船，不知停棹几何年。
桑田海水兮如许，泡沫风灯敢自怜。

四曲东西两石岩，岩花垂露碧毵毵。
金鸡叫罢无人见，月满空山水满潭。

五曲山高云气深，长时烟雨暗平林。
林间有客无人识，欸乃声中万古心。

六曲苍屏绕碧湾，茆茨终日掩柴关。
客来倚棹岩花落，猿鸟不惊春意闲。

七曲移舟上碧滩，隐屏仙掌更回看。
却怜昨夜峰头雨，添得飞泉几道寒。

43

八曲风烟势欲开，鼓楼岩下水萦回。
莫言此地无佳景，自是游人不上来。

九曲将穷眼豁然，桑麻雨露见平川。
渔郎更觅桃源路，除是人间别有天。

这是写给舟子和渔夫唱的歌，不是懂得和爱恋武夷山水的人，描摹不了这样的仙境。

我在据说是朱熹手植的那两棵大樟树下发呆，眼前就是那"半亩方塘"，可除了一池喧闹的荷花在挨挨挤挤，那一片天光和云影已无从寻觅。

夏天的风在田野上游荡，风过处，到处是荷花的淡淡幽香。荷田里有蝴蝶蜻蜓飞来，在这一朵或那一朵上流连。它们在寻找什么？来找它们自己还是前世相识的那一朵红莲？也许，陌上的花开，也是不得不开，它们也想开作前世的模样。

我采下一朵最静、最温婉的莲，我想把它送给曾经的、现在的、未来的自己。

在故乡的乡野里，想起洛夫的《众荷喧哗》：

44

众荷喧哗

而你是挨我最近

最静，最最温婉的一朵

要看，就看荷去吧

我就喜欢看你撑着一把碧油伞

从水中升起

我向池心

轻轻扔过去一粒石子

你的脸便哗然红了起来

惊起的一只水鸟

如火焰般掠过对岸的柳枝

再靠近一些

只要再靠我近一点

便可听到

水珠在你掌心滴溜溜地转

你是喧哗的荷池中

一朵最最安静的

夕阳

蝉鸣依旧

依旧如你独立众荷中时的寂寂

我走了，走了一半又停住

等你

等你轻声唤我

乡　下

　　暑假在家的时候，一天清晨，早早起了床，正好老爸要去买菜，他说要不我们去乡下买吧，买点土猪肉回来，我给你们做红烧大排。

　　红烧大排是爸爸的拿手菜。就是把猪的大排连骨带肉切成薄片，用酱油、鸡精、料酒、香料腌制后入锅油炸，炸至肉色金黄时起锅。然后取一容器，铺以白扁豆若干，将炸好的大排置于其上，再入蒸锅蒸至熟烂。起锅的时候，最好取一浅绿的大盘来盛，绿色的盘配以金黄的肉和白色的扁豆，不说吃，视觉上就有先声夺人的效果。

　　我知道爸爸是童心未泯想借买菜之机去玩，于是爽快地答应了。

　　开车直奔目的地高苏坂，一到那，发现已经来迟了，那天刚好是赶墟的日子，卖土猪肉的确有几摊，不过都只剩些肥肉和内脏。老爸失望至极，不过几秒钟后又豪气万丈地说："继续找！"

　　看来，他是和那块想象中的土猪肉较上劲了。

　　爸爸说要带我们去曹墩，我知道那是一个世代以制茶为业的小村落。

　　沿着溪流前行，一路的美景差点让我们忘却了此行的目的。穿过一片片碧绿的稻田，曹墩已在眼前。

　　一个美丽安静的村落，一条清亮的小溪从村中流过，女人们在溪边洗涮，老人和孩子坐在自家门前好奇地打量着我们这些不速之客。那些古老的院落，门楼上都有精致的砖雕，告诉我们这些深宅

大院曾经的辉煌。到处都可以闻到兰花淡淡的馨香。走在那长长的石板路上，时光仿佛已悄悄倒流。

在别人的指点下，爸爸终于买到了他心仪的土猪肉。他心满意足地走在前面，估计已在想象这块肉变成美味的样子。其实已经有人悄悄告诉我了，今天村里卖的肉也是从城里运来的。那又有什么关系呢？我们慢慢游走，享受这乡村夏日的美好时光。

据我所知，小村的历史非常悠久。很早就已有先民居住，盛唐时此地有施、曹、安、夏四大家族。到了宋代，因为市场繁荣，曾有"平川府"之称。据说当年朱熹在武夷游九曲溪，所乘竹筏由纤夫拉着从一曲逆流而上到达九曲，见到农田百顷，一马平川，顿时豁然开朗、诗兴大发，写下了"九曲将穷眼豁然，桑麻雨露见平川。渔郎更觅桃源路，除是人间别有天"的诗句。诗中所说的"平川"就是曹墩。墩，祭神的土台，是早期的村落标志。后来，平川之名渐被曹墩所取代。

曹墩还是董天工的故乡。董天工，雍正间拔贡，曾任福建宁德、河北新化县司铎，山东观城知县。他喜爱山水，钟情武夷山，利用回乡守孝的机会，遍览武夷名胜，收集旧志诗文，加以考订，编纂了《武夷山志》八册二十四卷。他有一首诗写故里曹墩，写的是美丽的风景和心情。今日读来，清新依旧。诗云：

> 幽屐烟村二度停，板桥茅店影零星。
> 云山四绕双溪绿，楼阁千家一角青。
> 白塔峰高尖似笔，金狮山瘦削如屏。
> 披图游迹分明在，留得清名后世听。

闲逛间，路遇一位熟悉的茶农，他热情地邀请我们去他家中小坐。他的家临溪而建，夫妻俩住在那里。站在窗边，凭栏远眺，远处青山、近处绿树，和着山溪清凉的绿意扑面而来，原来，绿色也是有温度的。院里有石阶通往小溪，穿过飘散着花草幽香的小径，石阶的尽头，一泓碧波如镜。

好一个世外桃源。

恰巧前日窝在空调里夜读《浮生六记》，不由就有了一些感慨。林语堂说他"素好《浮生六记》，发愿译成英文，使世人略知中国一对夫妇之恬淡可爱的生活"。正如作者沈复所言，写这本书亦不过是有感于"事如春梦了无痕"。的确，记述的不过是夫妻恩爱，浮生遭际，卑微的生命，平淡的生活。可偏偏是这么一对贫贱夫妻把平实的生活过出了清澈的诗意。也许能这样，一生才了无遗憾吧。

芸娘曾与丈夫在乡下的菜园避暑，她对丈夫说："他年当与君卜筑于此，买绕屋菜园十亩，课仆妪，植瓜蔬，以供薪水。君画我绣，以为持酒之需。布衣饭菜，可乐终身，不必做远游计也。"

布衣饭菜，可乐终身——浮生若梦，为欢几何？有什么不可以

呢？如果有足够多的爱。

　　一座牌坊静默在村口。据说牌坊叫做衷氏牌坊，是清乾隆年间官任布政司理问的彭家谦奉旨为他的祖母衷氏守节四十个春秋而立。相传衷氏十九岁时生下儿子后不久，丈夫就染病身亡，她矢志守寡，抚养儿子长大成家立业。她的孙子彭家谦金榜题名，官至布政司理问。他将祖母衷氏品德操守上奏朝廷，于是乾隆皇帝颁发圣旨建立牌坊予以表彰。

　　在那个巷口，我停下了脚步。在夏天清晨的微风里，两个小姑娘正在专注地拣茶，她们眉目如画，温顺、乖巧，那青山绿水洗过的笑靥，一如我的童年。

莲开倩影

不知为什么，喜欢在一些美丽的角落游荡。角落里的美，往往美到难以言说。莲花峰可能也算这样一个角落吧。

莲花峰，武夷三十六峰之一，位于景区西北部，相传是唐代高僧扣冰古佛的修行之所。

扣冰古佛，俗姓翁名乾度，法号藻光，武夷山吴屯水东村人，唐代河西节度使翁承钦之子，幼具佛性，13 岁出家，历尽艰辛，致力佛法研究，是我国古代参悟到禅学真谛的大师之一，是武夷山人修成正果加入佛籍的高僧。

据说义存曾问扣冰："怎样是佛？"他答道："秋空一轮月，霜夜五更钟。"他还曾写下"洗皮不洗骨，浴垢不浴佛，刮磨西来意，悟者真心出"的诗句。是说众生修行只有心炼，炼出"空寂之心"才能成为悟者。而佛，像寒秋的明月，是霜夜苦修出来的。他对僧众说："古圣修行，须凭苦节。吾今夏则衣褚，冬则浴冰。"从此，他言传身教，扣冰而浴，后人就称他为扣冰古佛。

我们去的时节，正值山脚下的莲花盛开。沿着莲田里的小径，我们走近山门。

抬头远望，见东南方一巨大石壁耸峙峭峻，那就是白岩。白岩是武夷山发现古代闽越族人墓葬——悬棺最多的地方。据说岩的西壁有三处洞穴，一处洞内深藏船棺一具，另两处各藏圆木棺和陶罐，民间俗称"金猪栏"，现仍保存完好。岩壁上镌刻了"白岩仙舟"四个大字，据说是集朱熹墨宝而成。

仔细想想，这"白岩仙舟"四字，实在是意蕴深深。"白岩"是说岩白如雪，"仙舟"是指峭壁上的船棺。其二，白岩上方，是莲花峰，"莲峰迭翠"与白岩相接，这些莲花岂不是白岩高空中的莲花？而莲花峰顶的妙莲寺岂不就成了天上的莲界吗？白岩深处是莲界佛国，而道教的"仙舟"却飘向佛国！这四字又出自大儒朱子之手，这儒、道、佛三家岂不是在此处融合归一了吗？

沿着山间的小径，我们向这佛国的仙境行去。一路上，古木苍苍，青竹含翠。

走着走着，突然发现山麓右侧，一个扁长石窟之内，横躺着一块人形大石，那样端庄慈祥，分明是一尊观音菩萨的天然卧像啊。

终于来到了妙莲寺旧山门。进入山门，石门两侧耸着两座高约10米的圆形小山岩，宛如两朵巨大的莲花。庭后，竖着一面石碑，上刻《武夷山莲花峰记》，是写得非常好的一篇小文，当为今人所作。游踪至此，也能粗粗领略到"流连异水奇峰，置身古佛洞天，欲寻访百千年以往扣冰和尚所垂示之奇佳佛缘"的境地了。

在妙莲古寺前庭旧址的石阶上侧，有一石壁，壁上刻着："色即是空，空即是色。"这就是著名的"色空石罅"。壁下的石罅中塑着八个小泥人，是描述扣冰和尚的故事。

相传，扣冰和尚在山北桃源洞修行时，不愿让僧众劳役，就用山土塑出八尊小泥人，替代僧众洗衣、烧饭、挑水、种菜，让众僧倾注全力修行佛法。即使是小泥人，古佛扣冰也以慈悲为怀，酷热时，古佛就驱动彩云为小泥人遮荫；下雨时，古佛就拂去云雨不让小泥人挨淋。

我站在壁前发呆，这石罅是石门，那色空石罅岂不就是"空门"？

正胡思乱想间，大家催我快走。再往前，就是悬空的木栈道啦。

站在栈道顶端，只见两侧群峰壁立，峰峰含翠，有薄雾和轻风自脚底升起，令人产生飘飘欲仙的感觉。但终于有点明白为什么那些修行的高人活着要住在这里，就算死了，也要把骸骨放在崖壁里，因为他们一定觉得这样的地方离天很近吧。

终于来到了峰顶，峰顶有寺名曰妙莲。宝殿构建巧妙，傍崖而建，仿宋式的亭台殿阁依山造势，错落有致。大雄宝殿、扣冰殿、观音殿都建在天然石窟之中，从低到高，自然天成。各殿的神佛塑像，体态丰韵雍容大度，是明显的唐代风格。建筑群的台阁檐底雕梁，一律刻饰着莲花造型。

石壁中的妙莲寺，翠竹掩映的妙莲寺，有清风明月作伴的妙莲寺，真的成了一朵翠峰拥簇的妙莲了。

一阵风过，山门上的风铃在轻响，声声都落在心房。

我的心，也仿佛开在莲花静穆的深处了。

短短的一生里，与山水相对，与佛相对，怦然心动——哪怕只有一刻，这一刻，也会令你安静很久了。

下山了，在离半山亭不远的地方，向峡谷中望去，一块巨石，和颜悦色地端坐在那里，这就是传说中的扣冰古佛的佛影了。

感觉很安详。

回到山脚的山门，重读坊上文字，横额："莲峰迭翠。"左右方柱上对联是："莲开倩影，无边山色纯犹媚；峰寓柔情，有趣溪声翠欲回。"

这"倩影"是山？是佛？这"柔情"是山色的妩媚？抑或是佛祖的恩泽？

这"回"，是依恋难舍的回眸？还是跳出苦海的回头是岸？

啊，我想念遇林亭了，就在不远的地方，它在召唤我，召唤我去与那里的山、水、瀑布、茶——再赴一场千年的约会。

空山新雨后

酷夏，武夷山也一样暑热难当。立过秋了，终于来了一场台风，酣畅淋漓地下了几场透雨。

雨后的一天，我又一次来到莲花峰下的白岩村。

来这个村庄的路，走过多少次也不会厌倦。安静的山北、寂寞的山北、美到难以言说的山北啊。

无所不在的绿色、层层叠叠的绿色、深深浅浅的绿色，沿着稻田、小溪、村庄、树木、竹林、山谷，一路迤逦，翠色欲流。如果只是绿，那倒也不新奇，妙在那些点缀其间的荷塘，粉红粉白的荷花们立在风中，轻轻摇摆。

一条路划开这片绿色，路边开满了金黄的小野花。因为这点艳丽的金黄，那些绿色和粉红，在蓝天白云下，反倒格外地鲜活生动起来。不时地，有几只白色的水鸟飞起，慢悠悠地在空中划一道优美的弧线，然后无声无息地落入荷花丛中。

而我喜爱的莲花峰，像一朵真正的莲花，正氤氲在一片水汽里，盛开在这美景的深处。

第一次站在白岩村这个位置看莲花峰，莲花峰就真是坐在这巨大的白岩之上。远远地，可以清晰地看见岩壁上"白岩仙舟"几个大字。峰顶的索道、崖寺隐约可见。

我们在村民家里喝茶，水是用毛竹从山上直接引下来的，一抬头，

可见仙气冉冉的莲花峰。突然，就有点走神，想着月光下的莲花峰该是什么样子的，于是乎对这乡民生出了几分艳羡。

吃过午饭，稍事休息，我们开始登山。

雨后的山里，就我们几个人。对旅游业者而言，这里没有什么商业价值，旅游团是不会往这儿带的。我想这样也好，可能反倒成全了这里。倘若游人如织，会是什么样子？

两年没来，林木愈发繁茂，山谷愈发幽深了。到处都是水，树梢上、草叶上、岩壁上，滴滴答答地往下淌，许多地方积水漫过石阶，漫过我们的脚面，凉凉的，很舒服。

哗哗哗，满耳都是水声，仿佛到处都是瀑布，但我们却看不见瀑布在哪。

气喘吁吁地上了山顶，在妙莲寺的山门边，重读了石壁上的《武夷莲花峰记》：

莲花峰者以主峰酷肖莲花而获名也，尝入武夷九十九岩之列。其峰也竹木苍苍，寒泉幽幽，终岁云气缭绕，四时岚气袭人，循山行至峰半，一狭长石隙突兀横生，妙莲古寺嵌建隙中，上迫危岩峭石，下临绝壁深渊，远眺宛若空中宝刹，亘古称为奇观。乡民相传辟支古佛曾修炼于此，惠福众生。今名山依旧，盛迹依稀，吾人拾阶登临，留连异水奇峰，置身古佛洞天，欲寻访千百年以往扣冰和尚所垂示之奇佳佛缘，亦将乐而忘返乎。

妙莲寺边，石壁下有间翠竹环绕的小屋。人坐屋内，极目远眺，山风吹来，感觉阵阵清凉。

发现竹桌上有茶、茶具、电水壶，不禁欣喜过望。我们都又累又渴了。门外崖壁上山泉淙淙，接一点来用就好。

大家坐着，静静地等水开。突然，后山的禅房里跑过来一条大黄狗，黄狗激动地跑到我们身边闻来闻去，我对它说好了好了难道你也想喝茶么？

水开了，洗杯、泡茶，水冲下去，一段清香浮动起来。一水，是浓浓的果香；二水，果香中透出隐隐的药香；三水，茶汤在口中峰回路转，细细地在唇齿间游走……

是谁把茶放在这里的？我们猜，要么是妙莲寺的尼姑，要么是进香的香客。

正品着，一个小姑娘跑过来，叫着："缘来！缘来！你快回来！"我笑着问大黄狗："原来你叫缘来啊！"

缘来，缘来，是的，不论是谁敬在这的茶，今日，在这雨后的空山，在山风翠竹的环抱里，一杯茶来到几位陌生人的唇边，难道不是缘来？不是生命中难得的一朝一会？

喝过茶，我清理了茶具，往旁边的功德箱里投了些钱。缘来在边上安静地看着。

下山了，缘来跟着我们，送了一程又一程。我们赶它，叫它别送了，它只是不肯，送我们一直到山脚下。

山门上的对联是我喜欢的，横额："莲峰迭翠。"左右方柱上的对联是："莲开倩影，无边山色纯犹媚；峰寓柔情，有趣溪声翠欲回。"纯犹媚的山色，令人沉醉。

山脚下，在我眼前，世间的莲花开到正浓。

转回头，又望见那大大的"白岩仙舟"四个字。那仙舟刚刚渡我，游历了仙界的白莲。

莲界在上，人必须苦苦泅渡。

却注定终身无法抵达。

虫 儿 飞

仲夏的夜，小城的暑气，随着一声声蝉鸣渐渐远去。碧空如洗，繁星点缀天幕。只需稍稍抬头，那一颗名为"火"的星，如一颗红宝石，闪耀天际。

夏越来越深，微风穿过寂静的村落。草丛、瓜架之间，有点点的光芒闪烁——萤火虫，我伸出手，想要将你们触摸。

我突然发现，要找到萤火虫，已不是件容易的事。

萤火虫，这些年，你们都去了哪里呢？

在我们小时候，捉萤火虫是夏夜的一项重要的游戏。那时候我的家在一个茶场，大家住的都是平房，房前屋后，都是豆棚瓜架。

天黑了，孩子们吃过晚饭就出来玩了。那时的孩子似乎很少有作业的，就算有，也在放学后趴在各家门前的石板条上快快地写完了。

萤火虫们打着小灯笼来了，摇摇晃晃，在瓜架上、茶园里飞啊飞。我们轻轻张开双手，微微一掬，一只萤火虫就在我们的掌心了。困在掌心的萤火虫惊慌失措地挣扎着，但已经无力逃脱了。我们小心地将它装进深棕色的空药瓶里，药瓶里就闪着一点微弱的光了，然后我们嬉戏着，向另一只萤火虫追去……

一路之隔的加工厂里，大人们还在忙碌着。夏天也是做茶的时节，我永远记得那些夏夜里飘来飘去的气息——焙茶的味道，混合着栀子、玉兰或者茉莉的花香。

从小时候直到现在，我一直固执地认定，茶香是世界上最好闻的香气。

夜深了，上夜班的大人们回家了，孩子们也该回家了，瓶子里的萤火虫也该放走了。我舍不得放它们走，我会悄悄把萤火虫关在蚊帐里。很快地，我就睡了，梦里有萤火在飞……

很多很多年后的一个夏天，我带着一岁多的儿子回家。一个名叫"凤凰"的台风终于飞走了。天黑了，儿子吵着要出去玩，我抱着他出了门，啊，邻居家的瓜架上，居然有萤火虫在飞。赶紧轻轻扑住几只，装进一个盛奶粉的空瓶子里。

儿子好奇地看着，抢过瓶子，呆呆看了一会儿。突然，他把瓶子举到头顶，往地上猛地一砸。

瓶盖打开了，几只萤火虫吃力地扇着翅膀，飞向夜空。回过头一看，小孩儿没心没肺地笑着，那样天真烂漫，如一朵初开的喇叭花。

我抱着他，为他哼起一首歌：

　　黑黑的天空低垂
　　亮亮的繁星相随

虫儿飞，虫儿飞

你在思念谁

天上的星星流泪

地上的玫瑰枯萎

冷风吹冷风吹

只要有你陪

虫儿飞，花儿睡

一双又一对才美

不怕天黑

只怕心碎

不管累不累

也不管东南西北

60　　　小孩儿在歌声中，在夏夜的风里，在最美最美的萤火如梦似幻的微光里，睡了。

鼠 麴 草

春节假期，我一边做家务，一边有一搭没一搭地看着《舌尖3》。第一季的美食杀伤力貌似没有出现，诸如仙居艾叶煮豆腐的"美食"也并未令我垂涎三尺，倒是那一幕幕自然与山野的美景，不时令我心生荡漾。比如，于明媚的春天的雨后，去采摘香椿，或者碧绿的艾叶，或者鼠麴草。

鼠麴草是春天微不足道的信使。春天是一幕大戏，主角那么多，梅花、桃花、杏花、李花、樱花，多到傻傻分不清。鼠麴草微不足道，可能连路人甲都算不上。

61

但是，在爱它的人眼里，它也是发出光的。爱它的人很多，比如小时候的我。

小时候，闽北故乡的早春。雨后，阳光金子般闪亮，燕子们在阳光里欢快地穿梭。田野里，紫云英开成了一片片花毯。老牛埋头在田里耕作，身后翻起黑黝黝的泥土。到处弥漫着青草和花的香味。

田埂上、茶园里，一棵棵毛茸茸的小草在清寒的空气中探头探脑——有点绿，带点黄，顶着一朵朵黄色的小花，颤颤巍巍地迎着太阳绽放——这就是鼠麴草，我们叫它清明草。

女人和孩子们挎着小竹篮，来采清明草了。清明草可以做成清明粿吃。

采清明草是我爱的劳动，小手拨开杂草，轻轻一掐，一棵带花或者不带花的鼠麴草就捏在掌心了。

不消走几条田埂，我的小竹篮就装满了。然后我就开始帮别的小孩子采了。很多年以后，大学的课堂上，老师在读《诗经·卷耳》："采采卷耳，不盈顷筐。嗟我怀人，置彼周行。"——几千年以前，田陌间寂寞的女子，在采着苍耳。采了又采，都采不满浅浅的一筐。算了吧，索性就把筐子放在大路上，让我想想那个人吧。

我坐在座位上傻笑发呆，想着小时候春天采清明草的情形，仿佛也是"采采卷耳，不盈顷筐"的女子了，可惜呀无人可以怀想。

采回来的清明草可以做清明粿，爷爷奶奶会做很好吃的清明粿。我把花开得好看的清明草挑出来一把，养在一个小陶罐里，放在土灶上。黄色的小花们挤挤挨挨凑在一起，在灶火的映照下熠熠生辉，像极了它们在阳光里的样子。其他的，挑除杂草洗干净，就可以把草放在井边的石臼里打成汁，和在米浆里蒸熟备用。然后把白萝卜、芋头、春笋、香菇切丝，猪肉、豆干切丁，急火炒好。最后只要把馅料包进加了清明草的皮里捏紧——一个高颜值的清明粿就大功告成了。然后，爷爷奶奶就急着招呼我们来吃。

我们早就迫不及待了。一口咬下去，鼠麹草的清香、猪肉的咸香、春笋和芋头丝的清脆在味蕾上次第绽放，如果再蘸点辣椒酱，那更有感觉了。如此，是不是就吃下了一整个春天？

爷爷奶奶做的东西就是如此：洁净、清爽、不黏不腻，就像他们的人一样。

爷爷奶奶去世多年了。我也有很多年没吃过清明粿了。子由小时候，有一天和我一起逛街，看见一种叫做"金包银"的东西，就吵着要买。一看，长得倒挺像清明粿的，就赶紧买了一个。子由咬了一口，摇摇头递给我。我吃了一口，对子由说："宝宝，这就叫'失之毫厘，谬以千里'！"

又是清明节了，昨夜的雨声中，想起故园的那些青青山岗，故人的坟头，是否已是芳草萋萋？

翡翠白菜

写下这几个字的时候，在心里偷笑了一下。别人不会以为我家里有一棵翡翠白菜吧？像台北故宫博物院里的那棵？

不是的，我当然没有，不要说翡翠白菜，我连玻璃白菜都没有。

只是在饭桌上吃白菜的时候，我突然怀念起小时候吃的白菜。

那时候的天真叫冷，下过霜了，太阳没有出来之前，那地里的白菜一棵棵都像观音娘娘座前的宝瓶，不是白，也不是绿；又是白，又是绿。真是好看。

近来流行在网上种菜偷菜，我却怎么也痴迷不起来。我想那些在网上种菜的人一定没有真正种过菜，真正的种菜是一定要让菜长在泥土里的。

小时候在崇安茶场，每一户职工都有一块菜地。我家也有一块，就在一片茶园的中间，紧邻着一个小池塘。夏天的时候，池塘里种着荷花、茭白或者芋子。种在池塘里的芋子，也可以亭亭如荷花。池塘的边上，还有一条小溪，那里是蝌蚪、青蛙和小鱼的乐园。

妈妈经常带着我来种菜。记得种白菜要先育苗。平整出两三张桌子大小的一畦菜地，把菜籽均匀地撒上去，再均匀地撒上一层草木灰，然后洒水，不可以洒太多，也不可以太少，把土洒湿了就好，最后，再铺上一层稻草，大功就算告成。

然后，记得每天都来浇浇水就好了。我常常迫不及待地扒开稻草，

63

看种子发芽了没有。一段时间之后，有一天，拨开稻草，突然就可以见到针尖那么点的绿了！我不禁欢呼起来。第二天，就神奇地变成指甲盖大小了……很快就绿茸茸的一片了，它们挤作一团，叽叽喳喳像一群小孩子。

我们把菜苗一棵棵分出来，在其他菜畦上挖好坑，一个坑一棵白菜，一个坑一棵白菜，之后施一点点兔子粪，浇好水，就好了。

之后，还要经常来给它们浇水、拔草、捉虫。是的，也许因为味道不错，白菜非常招虫子。我小时候可是捉虫能手。把有虫洞的菜叶翻过来，只见胖乎乎的菜青虫在叶片上欢乐地咀嚼着菜叶，我用胖乎乎的小手把它们一一捏住，放在小篮子里，小篮子里垫了菜叶，可以一起带回家给小鸡吃。

现在想来，有多少虫子化蛹成蝶的梦，就如此硬生生地被我掐灭了呀。

闽北的冬天，一天冷似一天了。大寒过后，早上起来，屋顶上结了厚厚的霜。有时妈妈带我去收白菜。冬天的田野、茶园，笼罩在一片薄雾里。小溪结了冰，不见了小鱼们的身影。脚踩在疏松的泥土上，会发出细小的、沙沙的脆响。冬天的太阳缓缓地升起来了，像老树上的一个红红的大柿子。也许因为太阳的出现，鼓舞了藏在茶园深处的鹧鸪们，它们开始唱歌了，用我完全不懂的语言——"咕咕咕，咕咕咕"，说着、唱着，此起彼伏，应和着。冬天的清晨，便不寂寞了。我用冻僵了的小手摸了摸耳朵，确定它们都还在那里。

妈妈用菜刀砍白菜，一声脆响，一棵白菜应声而落。我赶紧拣进篮子里。

被霜打过的白菜很好吃，甜而软。妈妈用来煮面或者煮白菜饭。记得那时厨房门口长着几棵高大的苦楝树。可以吃晚饭了，一家人围坐在窗前。灯下，一盆热气腾腾的白菜面，上面漂着圆圆的油星，还有绿绿的葱花，边上是一碟剁碎的红辣椒蒜茸，有时还会有一盘煎得两面焦黄的咸带鱼……

妈妈对着一盘白菜发呆："怎么大家现在都不爱吃白菜啊？不过这菜也真是，什么味道也没有。"

"妈，还记得我们以前种的白菜吗？"

"怎么不记得！"

"如果让你再过以前那样的日子，你愿意吗？"

"我愿意！我愿意！"

妈妈不假思索地回答。

故乡的鱼腥草

有一次，我去云南出差，在昆明的那几天，发现云南人很爱吃花，当然还有草。

经常，在餐桌上摆着那么几个小碟，里面的东西，是腌制过的，从形状和颜色上判断，非花即草。至于何花何草，恕我孤陋，实不可考。

唯独一样东西例外。

一日会毕，大家饥肠辘辘，围桌等饭。此时，服务生端来一碟凉菜，状若茅根，表面沾满辣酱，红白分明，令人垂涎欲滴。大家纷纷举箸，大约两秒钟之后，桌上至少有两个人呕吐起来。我正暗自庆幸不曾贸然食之，却见来自贵州的老师，气定神闲地咀嚼着，环顾左右，笑曰："这是折耳根啊。"

又过了一会儿，服务生又上了一菜——凉拌黑木耳，夹杂着一些绿色的叶丝。我心里一笑：鱼腥草啊鱼腥草，你就是被切成了丝，我也认得你呢。

鱼腥草，属三白草科植物，名见《名医别录》。唐苏颂说："生湿地，山谷阴处亦能蔓生，叶如荞麦而肥，茎紫赤色，江左人好生食，关中谓之菹菜，叶有腥气，故俗称鱼腥草。"

在我们闽北山区，鱼腥草是常见的一种植物。大家认为它有清热解毒之功效，家家户户都把它当作常备的药草。

小时候，有几年时间，我和爷爷奶奶生活在一起。我的奶奶非常热爱植物，她有一本宝典，名字叫《农村常见中草药图谱》，她拿着那本小宝书，对照着田间地头的实物，教会了我书里绝大多数植物。

我对劳动人民充满泥土气息的智慧深深感佩，因为他们为这些小花小草取的名字实在太有趣了。鱼腥草、破铜钱、犁头草、鸡屎藤、虎耳草，如果你见到这些植物，然后再对照一下它们的名字，你一定会在心底会心一笑——还有什么比它们更像这些名字呢？除了它们本身。

鱼腥草其实是很美的植物，春天的时候，它们就开始发芽了。刚发芽的鱼腥草是嫩红色的，然后会逐渐转绿。"流光容易把人抛。红了樱桃，绿了芭蕉"，院子角落里的鱼腥草由红转绿的时候，奶奶会在菜地里种下夏天吃的蔬菜，她的菜一季接着一季，从不间断。我跟在后面，除草捉虫。

劳动令我快乐，也令我坚强，因为奶奶说只要勤劳谁都可以养活自己。人无须抱怨，只要在春天来临之际，种下属于自己的希望。

中学的时候，我曾经在小本本里写下过一首关于春天的小"诗"，大约是这样写的：矮墙边/鱼腥草发芽了/三月的风/把鱼腥草吹红了/

四月的风/把鱼腥草吹绿了/奶奶在院子里/种下茄子豇豆/我摘下了一束紫花地丁/布谷鸟的叫声/在阳光里/闪闪发光。

夏天的时候，鱼腥草长大了。肥硕的茎叶顶端，擎着淡绿或纯白的小花，密密麻麻开成一片。我们把鱼腥草连根拔起，在小溪里洗净。奶奶会把鱼腥草在太阳下晒干，装好。这样，一整个夏天，我们就能喝到好喝的鱼腥草茶了。

当然，奶奶有时候也会用新鲜的鱼腥草给我们治病。有一次，我晒太阳中暑，她采来新鲜的鱼腥草，在石臼里捣烂，然后让我用开水冲服。我硬着头皮喝了下去，虽然中暑的症状很快就缓解，但这方子实在是不愿第二次尝试了。

那一本画满鱼腥草和其他草药的小图谱，一直是我小时候喜欢的一本宝书，然后，长大之后，我遇见了《诗经》——一本书里，万物鲜活灵动，古老的人们与花花草草的植物世界相互激荡着，激发出最美的性灵脉动。

"参差荇菜，左右流之。窈窕淑女，寤寐求之"、"采采卷耳，不盈顷筐。嗟我怀人，置彼周行"、"桃之夭夭，灼灼其华。之子于归，宜其室家"、"白茅纯束，有女如玉"、"有女同车，颜如舜华"……其实，不论古代还是现在，每一个人都可以在小花小草的身上发现诗意和感动，寄放另一种人生。

每年暑假，我都回到武夷山。夏天的清晨，鱼腥草们躲在竹荫下，绿绿白白的一片。我看着它们，心里安静又欢喜。小白花和小绿花们变成另一个世界，而我，愿意用自己的心去交换它们的心。

暑假快要结束了，走在路上，看见一个小姑娘提着一篮鱼腥草在叫卖。那些草还带着露珠，不贵，十块钱就可以买一大把。我买回家洗净了，晒干，剪成小段，收好了带回厦门。

某个秋天的夜晚，微凉，如果想起了，就取出一个透明的水晶或玻璃小壶，来一点老茶、几朵菊花、一些干鱼腥草，一一放好了，坐着慢慢等水开。

　　水终于开了。

　　一冲一泡间，春天、夏天、秋天和冬天，就在你的壶中一一盛放了。鱼腥草干的那一点点腥味，已经被老茶和菊花冲淡了，只留下一缕来自四季山野的清新，又温柔又有力量。

　　喝茶，想点什么或什么也不想，都无所谓。

食有笋，居有竹

清明节前，父母从老家来看我。去车站接他们，当即无语：都带了些什么啊，大包小包的，重到提不动。"又不是来慰问难民，什么东西这么重！"我抱怨。"等等你就知道啦，都是你爱吃的。"

回到家一看，除了几只爸爸考据过出身的土鸡土鸭之外，果然有我爱吃的：一包小竹笋！爸爸磨磨蹭蹭地，又掏出一小包东西，我一看，是一小袋他做的酒糟咸菜："炒小笋要配上这个才好！"

"爸，你不会告诉我这些小笋是我们自己家院子里拔的吧？"

"还真是我昨天在院子里拔的。"

突然地，就有一点点想念那些小竹子了，我们亲手种的小竹子。人间三月，忽晴忽雨的时节，某天清晨，你就发现一夜之间小竹笋已经破土而出了，每个笋尖上都顶着一颗亮闪闪的露珠，在根部一折，"咔嚓"一声脆响，一棵黄中带绿的小笋就躺在你手中了。

晚饭的时候做了一道咸菜小笋：将清水煮过的小笋用手撕成小条，咸菜切丝，加油盐酱糖及料酒，一盘香喷喷的咸菜小笋就做好了。

子由边吃边诗意地抒情："外公啊，我吃到武夷山的味道啦！"

三月的武夷是最有味道的。依旧是冷的，但天地已经醒来。千山涵翠，万木欢欣。紫云英们在田野雀跃，桃李在溪头争春。雨在天地间编织起一张帘幕，鹧鸪声声，雨滴飘落，春笋和蕨菜犹如重生的

雨滴,挟裹着积蓄了一整个冬天的力量,在大地上喷薄而出。

整个三月四月,笋都是餐桌上的主题。爷爷奶奶很爱煮笋,把春笋切大块,在水里焯熟,然后与肉、酸菜一起红烧,最后盛在大的瓦钵里端上桌。奶奶喜欢用瓦钵盛放食物,瓦钵上有质朴的草绳纹,与半坡人的器物貌似同款,有乡野之风,装什么都特别搭调。

饭桌上总是开心的。爷爷有时会讲个笑话,说的是地主不能善待教书先生的恶果。奶奶说这个不好笑,她有更好笑的故事叫"学懒"。

故事是这样说的:从前,有个懒汉,他还想学得更懒。听说隔壁村庄有个很懒很懒的人,会教人如何懒。他就前去见面求教。到了老师家,懒人走进去,老师让他关上门,他说不用关了一会儿风会关门。老师让他坐下,他说不用坐了反正一会儿还要站起来。老师让他吃饭,他说不用吃了反正下一顿还要吃。老师惊呆了,说你已经比我还要懒了,不必再学。

奶奶不动声色地、温言软语地讲着"学懒",闽东方言正可以传达其中的神韵。

我们乐不可支,在一派欢声笑语中大块吃笋。

有时想想,生活平淡,大碗喝酒、大块吃肉的经历都没有过,能以"大块"名之的事,竟只有大块吃笋这么一桩。

爱吃笋的人应该很多,前一阵读张岱的《陶庵梦忆》,有一则《天镜园》是这样写的:

> 天镜园浴凫堂,高槐深竹,樾暗千层,坐对兰荡,一泓漾之,水木明瑟,鱼鸟藻荇,类若乘空。余读书其中,扑面临头,受用一绿,幽窗开卷,字俱碧鲜。
>
> 每岁春老,破塘笋必道此。轻舠飞出,牙人择顶大笋一株掷水面,呼园中人曰:"捞笋!"鼓枻飞去。园丁划小舟拾之,形如象牙,白如雪,嫩如花藕,甜如蔗霜。煮食之,无可名言,但有惭愧。

拥有一间梦境般的书房,读书的时候"扑面临头,受用一绿,幽窗开卷,字俱碧鲜"——读了这样的文字,羡慕加嫉妒之外,还有一事不解:每次吃笋,我都吃得理直气壮,为何张岱却偏偏吃出了"惭愧"?人和人真是不一样。

苏东坡那首著名的《于潜僧绿筠轩》应该是人尽皆知的:

> 可使食无肉,不可居无竹。
>
> 无肉令人瘦,无竹令人俗。
>
> 人瘦尚可肥,士俗不可医。
>
> 旁人笑此言,似高还似痴?
>
> 若对此君仍大嚼,世间那有扬州鹤。

诗中的于潜为旧县名，在今浙江临安境。于潜僧姓何名孜，字惠觉，他出家为僧后居该县寂照寺，因称于潜僧。绿筠轩在寂照寺内，轩前种竹，以竹点缀环境，十分幽雅。此举备受东坡赞赏，于是借题"于潜僧绿筠轩"歌颂风雅高节，批评物欲俗骨。对于"无竹令人俗""士俗不可医"的诗句，俗士们不以为然，于是他们圆滑地提出了"似高还是痴"的冷嘲热讽，却被苏轼一语击退。诗中的"此君"指竹子。"扬州鹤"语出《殷芸小说》，大意是有客相聚，各言其志，有人想当官，有人想发财，有人想骑鹤上天成仙，其中一人想兼得升官、发财、成仙之利——你想种竹得清高之名，又要大嚼其甘味，人间安有此等美事？

于此，我一直有小小的不解。我有一方小院，有翠竹环绕，草木天成。有月亮的夜晚，风过疏竹，茶香袅袅。我吃着炒笋，配着米饭，看着竹影，闻着花香——食有笋，居有竹，也并不特别奢侈，于是，没心没肺地觉得这苏老夫子所谓的既欲肥鲜又思脱俗的美事也并非不可兼得呀。

泡　菜

一个冬天的早晨，太阳暖暖的、懒洋洋的，突然就想做点泡菜了。

这个念头一定有点古怪。不知道，也许是受母亲的影响吧，在冬天做点泡菜，就像老农到了秋天就想收割庄稼一样，自然而然。

翻箱倒柜地把藏在角落的泡菜坛子找了出来。一个玻璃的泡菜坛子，白里泛着淡淡的绿光。

一次去福州出差，它安详地躺在路边一个杂货店的角落里，我眼角的余光与它邂逅，说不出的投缘和喜欢，因为它完全满足了我的唯美主义倾向，符合我的厨房美学。于是，毫不犹豫地把它带回了厦门。

把它洗净了，用开水烫过，倒过来把水控干。然后，就该去买原料了。

一路保持着快乐的心情，在菜市场微笑着，和熟悉的小贩打着招呼。几天没来买菜，她们都会想念我的，就像我也会想念菜市场一样。

菜买回来了，有白萝卜、胡萝卜、红辣椒、黄瓜、嫩姜、圆白菜。洗干净了，就该切了。白萝卜、胡萝卜、黄瓜都切条，指头粗细便好。嫩姜和圆白菜要用手撕。然后，趁着阳光正好，拿一个竹匾把切好的菜放到阳台去晾晒。

儿子跟在身后，手里拿着萝卜条往嘴里塞，突然拍手唱起来：

小草小草，站好站好，
风儿梳头，雨儿洗澡，
太阳晒晒，长得高高！

突然想起老家春天
做茶时的情景，就是
《茶说》里记载的：

"武夷茶自谷
雨采至立夏，谓之
头春，约隔二旬复采，谓之二春，又隔又采，谓之三春。头春叶
粗味浓，二春、三春叶见渐细、味渐薄，且带苦矣。""茶采后以
竹筐匀铺，架于风日中名曰晒青，俟其青色渐收，然后再加炒
焙，阳羡芥片，只蒸不炒，火焙以成，松萝龙井，只炒而不焙，
故其色纯。独武夷茶炒焙兼施，烹出之时，半青半红，青者乃炒
色，红者乃焙色也。""茶采而摊，摊而漉，香气发越既炒，经时
不及皆不可，既炒既焙，复拣去老叶枝蒂，使之一色，乃成。"

其实，很多东西原本都是相通的，就像做茶与做泡菜，真的没有
很大的区别。

经过了阳光与清风的按摩，现在这些菜们该到水里泡泡了。当然
不是温泉，是水，调配过的水——凉开水加盐、味精、糖、生姜、大
蒜、八角、花椒，对了，还要来点高浓度白酒。

终于，它们全都跳进水里了，透过透明的泡菜坛子——白的萝
卜、红的萝卜和辣椒、绿的黄瓜、黄的姜、黑褐色的八角。

一场行为艺术秀登场了。

几天以后，时间到了，我们的味蕾跃跃欲试，期待着与萝卜和辣
椒的一次另类相逢。

当辣椒披上了虎皮

今天去买菜的时候，发现了一堆长得很俊俏的辣椒：颜色绿绿的，不浓也不淡；个头中等，不大也不小。

问卖菜的小贩辣不辣，他的回答也正合我意：有点辣但又不太辣。于是买了些回来，决定做虎皮辣椒。

洗干净之后，将其剪去头尾，掏出里面的辣椒籽，然后用刀一一拍扁。然后请注意，锅里不要放油，把辣椒放进锅里用小火慢慢烤，这可是辣椒能否穿上虎皮的关键所在，火不可以大，大了容易烤焦。烤至辣椒两面呈现"虎皮"状的斑纹时，就可以放油了，然后加蒜茸、盐、糖、味精翻炒，最后喷些料酒即可起锅。

把它们整整齐齐地码在白色的瓷盘里，那些穿了虎皮的辣椒看起来温顺而柔软，神态安详。

闻一闻，一股属于辣椒的原生态的香。

儿子闻香而来，问："妈妈，你在做什么东西？"真不明白近来这孩子为什么爱说这么完整的话，"你在做什么"不就行了吗？非要说"你在做什么东西"。

我随口答道："妈妈给辣椒穿老虎皮了。"

这下儿子来劲了，非要端来小板凳爬到桌上，看看他书中的老虎如何把衣服给了辣椒。没办法，只好塞了根辣椒给他，还好不太辣，他吃完了还直喊："妈妈，宝宝还要！"

儿子没想明白的事我接着想了想，还是不明白。

不过真的很佩服第一个给这道菜取名的人，你想，这辣椒多半一辈子也无缘一睹某只老虎的风采，而老虎估计也不见得都吃过辣椒，但这八竿子也打不着的老虎和辣椒放在一块——"虎皮辣椒"，又是多么自然、多么贴切、多么温馨、多么登对、多么好吃啊！

因为我们实在不能把这道菜叫做"蛇皮辣椒"、"鸡皮辣椒"、"猪皮辣椒"甚至"羊皮辣椒"——似乎统统都不可以。

虎皮辣椒香而不腻，不觉得辣椒的草根，亦不见得老虎的尊贵，很普通的一道菜，尤其适合吃了很多大餐的春节之后。

今宵酒醒何处

前日，读有风博友的美文《醉卧大王峰下、九曲溪畔》，仿佛重见苏子笔下承天寺藻荇交错的夜色。遂想起故乡武夷山青玉般的月光，还有那月光曾经朗照的古人。柳永，宋代词人，他的故乡在武夷山下一个叫做白水的小村庄。

冬日的雨后，当我徜徉于这个叫白水的村庄，我的心仿佛满满、又仿佛空空荡荡。像一个孤独的游子，想要找谁一诉衷肠。

雨后的村庄，清冷、寂静，远远的鹅子峰如一位清癯的女子在薄雾中静立，小溪缓缓走来，仿佛来自时光与岁月寂寞的深处。

一些文字，莫名地，如水银泻地：

　　对潇潇暮雨洒江天，一番洗清秋。渐霜风凄紧，关河冷落，残照当楼。是处红衰翠减，苒苒物华休。惟有长江水，无语东流。

　　不忍登高临远，望故乡渺邈，归思难收。叹年来踪迹，何事苦淹留？想佳人、妆楼颙望，误几回、天际识归舟。争知我，倚阑干处，正恁凝愁！

柳永，他终于想家了。

在清秋、雨后、夕阳的残照里，花儿都谢了，绿叶都凋零了，无语流淌的长江水边，这个浪迹天涯的游子，他想家了。究竟是为了什么呢？像浮萍一样流浪。可是在我的故园，在那妆楼之上，我的佳人，还在那里痴痴等待，多少回误识了天际的归舟，然后，转过身，孤独寂寞如静静的衣带。可是，她应该知道，在遥远的远方，有一个人，也正斜倚阑干，痴痴回望。

每次读到这里，总是不免揪心，为这个痴情等待的女子。

关于柳永的爱情，我们知之甚少。他是尘世的享乐分子，他来到世间，一为写词，一为风月。

> 小楼深巷狂游遍，罗绮成丛。就中堪人属意，最是虫虫。有画难描雅态，无花可比芳容。几回饮散良宵永，鸳衾暖，凤枕香浓。算得人间天上，惟有两心同。

> 近来云雨忽西东。诮恼损情悰。纵然偷期暗会，长是匆匆。争似和鸣偕老，免叫敛翠啼红。眼前时、暂疏欢宴，盟言在、更莫忡忡。待作真个宅院，方信有初终。

"有画难描雅态，无花可比芳容"——多美的女子虫虫。如果真是人间天上两心同，又何必问她出处！他爱这些灵动的女子，她们也爱他、仰慕他，他的词在她们口中传唱，在宋朝和那之后的天空飞翔。

正人君子们讨厌他、诋毁他，说他卑鄙低下。但最终，那些讨厌他、诋毁他的人都在追随他、模仿他，但是谁又能模仿得了他那与生俱来的风流倜傥和天真烂漫之气。就连苏轼都不得不赞他，说他的词作实在"不减唐人高处"，来为他辩白。而且苏轼，也的确沿着他的足迹，渐渐走上一条新路了。

但这些"坏名声"还是给他惹了麻烦，参加科考的时候，仁宗皇帝曰："此人任从花前月下，浅斟低唱，岂可令仕宦！"

为此，他在《鹤冲天》中发了这样一通牢骚：

　　黄金榜上，偶失龙头望。明代暂遗贤，如何向？未遂风云
便，争不恣狂荡。何须论得丧？才子词人，自是白衣卿相。
　　烟花巷陌，依约丹青屏障。幸有意中人，堪寻访。且恁偎红倚
翠，风流事，平生畅。青春都一饷。忍把浮名，换了浅斟低唱。

　　你们这些有眼无珠的家伙，不给我功名算得了什么？我是才子我
怕谁！此地不留我，自有留我处！
　　写到这里，真的难以想象，多年以后，当他换上一副奔波劳碌的
中年形象，他会写下"凝泪眼、杳杳神京路，断鸿声远长天暮"这样
的句子。
　　然后，再下一刻，当那些于烟花巷陌中偎红倚翠的岁月流逝之后，
他渐行渐远，寂寞地卒于襄阳。

死之日，据说家无余财，群妓合金葬之于南门之外。每春月上冢，谓之"吊柳七"。

当我离开小村庄的时候，一位满头白发的老妈妈坐在屋檐下，望着我。有一股潮湿的感觉爬上心头。

千年以前，这个游子，念起他的白发亲娘，在生命的某一个瞬间，是否也曾回望？

据说，白水村依然有人姓柳，但已经很少有人听说过柳永这个名字了。

2017 年，一个夏夜，与三五好友重游古镇。皎洁的月光充溢天地，四下里荷香遍地、夏虫呢喃，草木山川沉醉于一派清晖之中。

沿着淙淙流动的小溪，穿过拂岸的杨柳，迷离的月色带我们穿越回柳永的宋朝、杨柳岸和那场千古离别：

81

> 寒蝉凄切，对长亭晚，骤雨初歇。都门帐饮无绪，留恋处，兰舟催发。执手相看泪眼，竟无语凝噎。念去去千里烟波，暮霭沉沉楚天阔。
>
> 多情自古伤离别，更那堪，冷落清秋节。今宵酒醒何处？杨柳岸，晓风残月。此去经年，应是良辰好景虚设。便纵有千种风情，更与何人说？

这世间，最难就是懂得。有人懂你的千种风情，是何等幸运。失去了，良辰好景虚设，又是何等的不幸。

今宵酒醒何处？离别里总有万般的不舍，但不舍又能如何？且将不舍交给思念，便可时时刻刻，深深念想。唯有念想，在时间之外，在时间之内，穿越千年，生生不息。

珍重待春风

四季轮回，转瞬间，又到了一年中最冷的时节"小寒"。

旧年将暮，新春即至，冬已深，春亦不远。

我在灯下独坐，一茶一书，难得的闲暇时光。

一杯坑涧里的水仙，有浓郁的苔香、药香，与盛开在桌上的水仙相映成趣。一本《无计花间住》，摇曳生姿的文字与情思，总是深得我心。

窗外，桂花的暗香袭人，这南国并不凛冽的冬。

突然地，就开始想念，故园遥山远水里的那些梅花。

我是不是很像鳟鱼呢？总想回到出生的那条江。即使到了大海里、即使离开出生地千百里，也要游回去。也许，故乡，真的就是许多人前半生拼命想要逃离、后半生又拼命想要回去的地方吧。

而我的梅花，一定也会在故乡的山林沟壑间默默等我。

章堂涧的老梅，开在清溪之上的一座独木桥边。春天，路过那里，甚至不会注意到那儿有一棵梅树。冬日极寒的清晨，你会邂逅这一树的粉白，寂寞在风里，遗世而独立。点点飞花随流水，你不由得加快了脚步，随那落花，想看看花们究竟要去往怎样的远方。

莲花峰脚下，有一树白梅。总是开到仙气冉冉。每一年，我都带子由去寻这一树梅花。有一年，花开得极繁极盛极美，小孩儿被震撼了，在一阵梅花雨中发出感叹："妈妈，美就是短暂的啊！"

小孩子是不会知道的，世间所有的美，何尝不都是短暂的？盛开的花，大约似若有之情，总是暂时的欢愉，是人生值得追忆的烟花盛宴，因为那本来不过就是偶然的际遇。而那不遇的、飘零的花，当似孤寂中的想望。想望而不得，便觉如梦如幻，正如梦幻一样的人生。

同学群里，突然跳出一位大学同窗不幸离世的消息。虽然是大学四年几乎没有说过话的隔壁班的同学，但是听到这个消息，心内还是一凛。已经有同龄人就这样离开了。我们踏进大学校门的 1989 年，距离现在，已是三十年前。

年少的时候很爱读三毛，她曾说："我唯一锲而不舍，愿意以自己的生命去努力的，只不过是保守我个人的心怀意念，在我有生之日，做一个真诚的人，不放弃对生活的热爱和执着，在有限的时空里，过无限广大的日子。"

是的，可以过无限广大的日子，只要你愿意。

那么，何必迟疑呢？每一寸时光，我们都让它润物无声吧。

珍重待春风，且记取故园那三两梅花，和那些旧时约定。

止止庵前伴白云

在我武夷山的家里，有一套祖父留下的《武夷山志》。

寒冷的冬夜，点上一盏暖炉，泡一杯热茶，慵懒地靠在圈椅里，在淅淅沥沥的雨声中，渐渐沉进泛黄的书页。

故乡的这片青绿山水，千百年来，亦是无数人的故园，一样的念念不忘，一样的魂萦梦牵。

我在书里，读到了白玉蟾。

白玉蟾是南宋时的一个道士，《武夷山志》里把道士归为羽士，就是最终得道、羽化升仙的人。

据说白玉蟾从小聪敏颖慧，七岁能赋诗，十岁应神童科，主考官以"织机"为题命赋诗，他写道：

大地山河作织机，百花如锦柳如丝。

虚空白处做一匹，日月双梭天外飞。

虽有如此的才华，但屡试未能及第，于是看破红尘，入罗浮山修道，云游名山大川，于南宋嘉定九年（1217）入武夷山隐居。

据说他非常狂放不羁，常常蓬发赤足，或狂行奔走或兀自独坐。

山志里留有他的许多诗文：

九曲集咏

流水光中飞落叶，白云影里躁幽禽。

人间几度曾孙老，只有青山无古今。

二曲玉女峰

插花临水一奇峰，玉骨冰肌处女容。

烟映霞衣春带雨，云鬟雾鬓晓梳风。

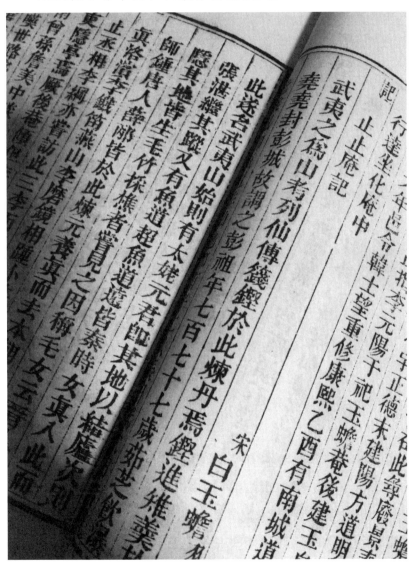

九曲星村市

落日移舟上碧滩，桃花林外见青山。

耳边忽尔闻鸡犬，不遇刘郎不肯还。

他在一篇文章里描绘了他修炼的地方：

云寒玉洞，烟锁琼林。

紫桧封丹，清泉浣玉。

铁笛一声，群仙交集。

螺杯三饮，步虚冷冷。

青草青，百鸟吟。

亦可棋，亦可琴。

有酒可对景，

无诗自吟心。

神仙渺茫在何许？

盖武夷千崖万壑之奇，

莫止止庵若也。

这个地方就是止止庵。

止止庵，是山中的一处道观。在一曲溪边，通往水光石的路上。

山中的道观，到桃源洞看桃花，到磊石观寻茶，都到过不知多少次。唯独这止止庵，每一次，都只是路过。

直到今年的某一天，有意或者无意间，我来到这里。

一座白色的山门，静静掩映在古木苍翠的小桥边。

两只布满青苔的石兽威风凛凛地分列两侧。

推开小小的木门，里面是一个豁然开朗的所在。

大王峰在后，天柱峰在左，铁板峰在右，小小的止止庵，如一个小小的婴儿，被环抱在山的怀抱，并且，隔着门前浅浅的九曲溪，与虎啸岩遥遥相望。

突然，就有一种似曾相识的感觉，好像早已来过了一般。

师祖殿旁，几树老梅早已凋落，枝头绽出了新绿的嫩芽。透过梅树稀疏的树影和师祖殿的木质飞檐，看见半空中的大王峰，仿佛正张开双臂，而我，亦在这抱拥之中，仿佛，竟可以感知大山的呼吸与脉动。

关上那扇小小的石门，这里就是一个宇宙、一个天地了。天地永恒，人太渺小了，不过如苏子所言："寄蜉蝣于天地，渺沧海之一粟。"不论是千百年前来到这里修炼的仙姑隐士或者后来的白玉蟾或者此刻的我——这么想着，就几乎要落泪了。

老梅的树根边，一块古老的石头上，刻着"二生三，三生万物"几个大字，字上长满青苔。石阶的一旁，一个清碧的池塘里，几尾红色的鱼儿正悠游。

后山的石壁上，有一个巨大的岩穴，我在那儿看了一会儿云、发了一会儿呆。这里会不会也是当年的羽士白玉蟾看云发呆的地方呢？

静静地退出山门，转回头，看山门上的联句：

到此十六洞天方知天外有天当止则止
仰其百千仙道始悟道非可道应行便行

止于所当止，行于所当行——人生的许多时刻，当如此。

我在水光石畔的溪边流连。玉女峰在溪的那头，隔着薄薄的一层水雾，一群群竹筏顺流而来，欸乃一声，山水清碧。

"姐姐，这地方让我不想回去了呢。"

哪能不回呢？我相信，这世间还有许多这样的地方，如许多人、许多事那样，一直都在，都在等你遇见，让你见天、见地，然后，在遇见中最终遇见自己。人生若不能常常见自己，如何与生命握手言和？

木心说："我曾见的生命，都是行过，无所谓完成。"

我在止止庵边寂寂的苔园里，捡拾起满地缤纷的落英。是的，这遍地的落英，何尝不为"止"？亦何尝不为"行"？

早春二月，止止庵前，静看花开花落、云卷云舒，岁月寂无声，且共从容。

稻　香

记得那一个秋天，我还在休产假。有一天，我抱着小婴儿，走进故乡的田野。

田野如诗如画，秋阳之下，成熟的稻穗铺展如海，翻涌着金色的浪花。

收割过的稻田里，散乱地立着一垛垛的稻茬。小鸟们在欢乐地啁啾。白云如孤独的旅人，匆匆奔向远方。我说它们是在流浪，也许，于它们，是在寻找。

我也是秋天的一片稻田。一个刚刚生过孩子的母亲，是一片收割过的稻田。阳光照在身上，又慵懒、又甜蜜。

我在浓浓的稻香里流连。怀里的小婴儿，包在一块黑白格子布的襁褓里，睡着。红扑扑的小脸蛋，散发着淡淡的奶香。在梦里，小婴儿轻轻咂巴着小嘴，一脸的满足。让人忍不住想要亲他一口。

奶香之外，还有浓浓的稻香。我坐在田埂上，背对着阳光。在故乡的土地上，我抱着我的孩子，如拥着整个世界。就像扁舟泊岸、羁鸟归林、夏蝉落枝，我想归附于这金色的秋天，从身体到灵魂——所有的波澜，最终都将归于平淡。

金黄的稻浪，续接了我的童年印象。有人说，一个人终其一生，其实都走不出自己的童年。

记得小时候，三月的雨还是冷的，虽然杜鹃已经在林间唱起了歌。

89

外婆说，它们在唱："快种苞谷！快种苞谷！"

那时我才不过四五岁，我在冷冷的春天的清晨醒来，叫了一声："外婆！"

没有人应，但我也不慌。外婆一定是去养牛人的牛棚，给我端牛奶去了。我自己起来，穿好衣服鞋袜，走到了屋外。

屋外有一大片菜地，种着许多地瓜。地瓜地的缝隙里，密密地长着许多马齿苋。马齿苋长着长长的叶子，开着细碎的小黄花。感觉那长长的叶子的确像马的牙齿，虽然我从未见过一匹真正的马。

不远处有一条清澈的小溪，小溪的那一侧，就是稻田了。厚厚的紫云英的花毯，已经被老牛翻进了深深的泥土。秧田里已经育着秧苗，在不久的四月，它们会被移进灌满了水的稻田里。

春分，清明，谷雨，四月说到就到了。我的身上，已经由厚厚的小花棉袄，换成了小碎花布的单衣。

有许多明媚的日子，我跟着外婆去插秧。秧苗已经运到了水田边，大人们在水深没过小腿的田里一字排开，左手捏着一把秧苗，右手飞快地将秧苗插进泥里。他们慢慢向后退去，在春天的大地上绣出一行行的翠绿。有人在田埂上为他们抛掷秧苗，在空中划出一道道优美弧线。

我看呆了，不由得跃跃欲试起来。悄悄脱了鞋袜，挽起裤脚，踩进了水田里。四月的水田还很冷，可以清晰地感觉到淤泥钻过脚趾缝的冰凉。外婆并不制止我，也许，她是希望我能成为一个勤劳能干的姑娘吧。可惜，后来的我仅仅成了一个勤劳的傻姑娘。

外婆忙碌着。她总是穿着蓝黑色的衣服，挽着一个发髻。走路的时候，永远腰杆笔直。挖地、锄草、挑水、捉虫……她默默地，很少说话。只有在闲下来的时候，她教我写字、画画、绣花。她有一个盒子，里面装着五颜六色的绣线。她绣各种东西，花鸟虫鱼，样样都明媚鲜艳、活泼跳脱。

有时，我在灯光里看她的剪影，散发着一种浓烈沉静的光芒。小小的我，还不能懂得，那时候的外婆有着怎样的孤独和寂寞——其实，所有的人，都注定要孤独地走过自己的春夏秋冬。但一个女子，哪怕饱经磨难，也依然可以是自己的星辰大海。

在收获的秋天，外婆带我去拣拾稻穗，拣回来的稻穗，我用来喂饱我养的鸡鸭们。累了，我们坐在田埂上休息。

"外婆，山外面是什么地方？"

"娃娃，山外面有很大很大的世界，你长大以后，一定要去看山外面的世界。"她一直喜欢用四川话叫我"娃娃"。

"外婆，怎么样才能到山外去呢？""当然就是要好好读书了。"

那是二十世纪七十年代，在我贫瘠闭塞的童年。

从来没有听她提起"苦"字，很多年以后，她在给我的一封信里，说起她的经历：

　　"相见时难别亦难"，回忆我苦难的一生，难得有了今天的幸福生活。我也非常感恩知足，毕竟爱我的人还是多数。因此，我要更加善待自己、热爱生活。在二十世纪三十年代初，读过书的女人，实属凤毛麟角。我的父亲很开明，在我高小毕业之后，又让我读了三年师范。毕业后，我就去当了一个女子小学的校长，当时我才17岁。又过了几年，当时的教育局局长介绍我认识了一个四川省高等师范大学毕业的青年，我们就结婚了。但是，当时我们的家庭并不支持，所以我们只好放弃了家乡的工作，外出谋生。在那个时代，工作很不好找，我们只能就业、勤学苦练。好在当时的教育非常讲求实际，所以我们从未失业，一直到二十世纪四十年代末期……之后的几十年，在大风大浪里翻腾、沟沟坎坎里跋涉，受过许多的苦和累，什么都可以没有，但有一样东西不能丢——清清白白做人的本色……

许多年以后，在飞驰的高铁上，我路过故乡的秋天，那些金黄的田野、山川、河流、大地。

我来到一座高山之巅，一个小小的村落，俯瞰秋天的层层梯田。

秋天的风送来稻谷的清香。明艳的阳光里，那些熟悉的味道。

几间小土屋点缀在层层的稻浪之间，袅袅的炊烟升起。几声鸡鸣远远地传来，尘世的浮华，与这一切没有一丝一毫的关系。

在一户农家吃饭。他们捉来了田里的鲤鱼。这些鲤鱼，春天和秧苗一起，养在水田里。夏天就饱食纷纷吹落的稻花。到了秋天，就长成了肥美的稻花鱼。

麻利的农妇把鱼放在锅里煎到两面金黄，然后加进小芋仔、青豆、豆腐、青辣椒、红辣椒、姜片、盐、生抽、料酒、香叶，放在炉子上文火慢炖。

不出多久，一锅香喷喷的稻花鱼就上桌了。

那样的深秋时节，在稻香弥漫的小村庄，吃着鲜香肥美的稻花鱼，就一杯浓烈的米酒——"天空一直都在，只是云来了云又去"，想念，或者不想念，都有更深的乡愁。

一花一世界

初　见

小时候，一个乡下小姑娘能读到的书很少，我在金庸的书里记住了很多美丽的诗句。

比如"桃花影落飞神剑，碧海潮生按玉箫"，比如"四张机，鸳鸯织就欲双飞，可怜未老头先白，春波碧草，晓寒深处，相对浴红衣"，比如"问世间，情为何物，直教生死相许？天南地北双飞客，老翅几回寒暑。欢乐趣，离别苦，就中更有痴儿女，君应有语，渺万里层云，千山暮雪，只影向谁去"，比如"波渺渺，柳依依，孤村芳草远，斜日杏花飞"……

世间种种，爱恨情仇，因爱生痴、因爱生喜、因爱生忧、因爱生恨，不过就一个"情"字。

再比如"青裙玉面初相识，九月茶花满路开"——在茶花盛开的九月，段王爷与王姑娘第一次的相见，小姑娘穿着青色的裙子，肤白似雪、眉目如画，自曲曲折折的山道上一路逶迤而来，那幅画，有多美。

那时，并不曾细究，这"茶花"，是大理国的山茶还是如我的故乡开得漫山遍野的茶花。

直到几十年后的某一天。初冬，我于故乡的山道旁，邂逅了遍地的茶花。

冷空气挟裹着雪霰扑面而来，凄风苦雨中，簇簇茶花青裙、玉面，盈盈伫立。

　　那宠辱不惊的姿态里，映射出惊动时光的绝世容颜。

　　我在寒风中颤抖、沉吟、感念。原来，所有美好的诗句，它郑重地藏在心的某个角落，只为在某一刻教会你认识自己、认识生命。

　　我站在故乡冬天的大地，青裙玉面的朵朵小花，续接了我的童年记忆。感恩故乡，予我爱与美最初的启蒙。

　　那一刻，我怀想起小时候的温暖阳光和阳光里的茶花了。

　　小时候的阳光是不一样的。

　　那时的阳光是特别温暖、特别透明、特别清澈。

　　我们这些小孩子最喜欢冬天了，很冷的冬天，我们可以玩出很多花样。而且，天很冷的时候，我们就不用坐在小小的教室里了，老师会让我们到教室外面晒太阳。

　　教室外面的那堵墙，阳光直直地照下来。我们分成两队，靠在墙上往中间挤，看哪一边先有人被挤出去，挤着、闹着，小小的身子也就暖和起来了。

挤累了，我们就到茶园里玩，我们茶场的小学校就在一片茶园中间。

茶园地里，仔细看，地上有一个个螺蛳壳大小的小土堆。折下一枝草茎，照顺时针方向轻轻把土堆拨开，过不了一会儿，就会有小虫子跑出来。我们也不捉它，只是看着它们惊慌失措地逃走。

阳光下的茶园，茶花盛开。

可能没有多少人注意过茶树开的花。我说茶是世界上最朴素的植物，那茶树的花当然也是世界上最朴素的花了。

冬天的茶树，生命行将耗尽。星星点点的，茶花绽放在每一个枝头。开一树花，是落幕之前最后的辉煌。

粉白粉绿的花瓣，簇拥着一簇金黄的花蕾——当时只道是寻常。

我们像一群蜜蜂飞进了茶园，我们把花们一朵朵摘下，轻轻吸一口，满心的清甜。

风轻云淡，阳光碎金子一般洒下来，照着茶树，照着那么多年以前的我们。

中年以后，看人看事，心境大不同。

梁实秋说："中年的妙趣，在于相当的认识人生、认识自己，从而做自己所能做的事，享受自己所能享受的生活。科班出身的童伶宜于唱全本的大武戏，中年的演员才担得起大出的轴子戏，只因他到中年才能真懂得戏的内容。"

每次游莲花峰，极喜山门上的那一副对联：

"莲开倩影，无边山色纯犹媚；峰寓柔情，有趣溪声翠欲回。"

"纯犹媚"——故园的一切美好，都可以概括成这两字。

说"妖"而"媚"也就罢了，怎样方是"纯犹媚"？

如果不懂，不妨看一看冬日暖阳下的茶花吧。青青子衿，悠悠我心；青裙玉面，花开满路。

如果，如果所有的相逢都是久别重逢，那么，所有的重逢是否真的还能宛如初见？

桃之夭夭

桃之夭夭，灼灼其华。之子于归，宜其室家。

桃之夭夭，有蕡其实。之子于归，宜其家室。

桃之夭夭，其叶蓁蓁。之子于归，宜其家人。

喜欢桃花，春天的桃花。

每次读《诗经》的这首《桃夭》，眼前就有一片明艳之感。

文字传递的色彩和声音，穿过千年的岁月，依然清晰地在耳边绽放，仿佛在早春的月夜，你听得见树树桃红开花的声音。

天亮了，推开窗，清寒的空气里，矮矮的短墙边，几枝翠绿已然映着嫣红，心里便有了几分说不出的喜欢。

难怪刘勰在《文心雕龙》里盛赞："故灼灼状桃花之鲜，依依尽杨柳之貌，杲杲为日出之容，瀌瀌拟雨雪之状……虽复思经千载，将何易夺？"——《诗经》这"随物以宛转"、"与心而徘徊"的音韵，是锤炼千年也难易的文字佳构。《诗经》时代的古人，用简单的心，写简单的文字，但往往能直指人心。

从来不觉得桃花是土气、轻薄的，只是觉着它的热闹、它的娴静、它的好。桃花开在早春，它的美，美在无遮无拦，不管不顾，一片烂漫天真。

《桃夭》写的是桃花，亦是桃花般的女子。"灼灼其华"的初嫁，

"有蒉其实"的持家，"其叶蓁蓁"的儿孙满堂——这世间凡俗女子正常的人生轨迹，充实而完满。

桃花是三月的当令花。唐代诗人杜牧有一首《题桃花夫人庙》：

细腰宫里露桃新，脉脉无言度几春。

至竟息亡缘底事，可怜金谷坠楼人。

说的就是桃花夫人的故事：从前有一个妫氏，是春秋时期息侯的夫人，楚文王灭了息国，把妫氏占为己有。妫氏虽为楚文王生了两个儿子，但却三年不肯开口说话。有一年秋天，楚文王出城打猎，妫氏趁此机会，悄悄地跑去私会自己的丈夫。两人见面，恍如隔世，最后相约殉情撞死在了城下。楚文王打猎回来，听说了这件事，黯然神伤，有感于二人的纯情，也以诸侯之礼将息侯与妫氏合葬在汉阳城外的桃花山上。后人在山麓建祠，四时奉祀，称为"桃花夫人庙"。

谁说桃花是耐不住寂寞的花？我小时候，春天经常去桃源洞游玩。桃源洞四山环绕，中有平畦曲涧，围以苍松翠竹，鸡声人语俱在翠微中。暮春时节，人间芳菲已尽，但寺中的桃花恰恰盛开。那粉红、粉白，片片复瓣的美。道士们在安静地劳作着，那些桃花，该开就开，该谢就谢，还有一些，落在水里，就随那流水，静静地流出山涧，去往尘世远足。

那时的桃花，那是安静的美。

年少时看王家卫的电影《东邪西毒》，其实一点都没看懂，但就是喜欢。记得里面有一个女子就叫桃花。

有一个场景，一直在脑海里挥之不去，就是桃花见到了黄药师的那一幕：那不应该爱却爱了的爱、绝望的等待、一刹那的惊喜和幽怨、对另一个该爱却背弃了的人的歉疚……而骄傲的黄药师，在那个红衣女子逝去之后，一坛醉生梦死的酒过后，唯一记得的，就是自己喜欢桃花。

有时跟朋友去唱歌，她每次都会点唱一首梅艳芳的《女人花》：

我有花一朵 \ 种在我心中 \ 含苞待放意幽幽 \ 朝朝与暮暮 \

我切切地等候＼有心的人来入梦＼女人花＼摇曳在红尘中＼女人花＼随风轻轻摆动＼只盼望＼有一双温柔手＼能抚慰我内心的寂寞……爱过知情重＼醉过知酒浓＼花开花谢终是空＼缘分不停留＼像春风来又走＼女人如花花似梦

这个唱歌的女子，活着的时候，有人喜欢，有人不喜欢。但不管别人喜不喜欢，她终究还是轰轰烈烈地活过了一场，只是林花谢了春红，太匆匆。

女人如花花似梦，就像桃花，这女人的花。

某年某月某日，在南京秦淮河边闲逛。不经意间，走进了一座寂寂小院——媚香楼。同事拉拉我的手问我这是哪里？我说你读过《桃花扇》、知道李香君吗？她点了点头。夕阳照着小院青青的藤蔓，把青翠染成了金黄。我们靠在临河的栏杆边，看着秦淮河边的人来人往。历史的长河里，每一个人都只是一颗尘埃，但有些人是会发光的尘埃。房间的墙上挂着李香君的小像，这位当年艳冠秦淮的女子长得眉目如画、娇小玲珑，但这娇小玲珑的身体里却蕴蓄着血溅桃花的巨大的决绝和勇敢。有一首前人的《题李香君小影》：

歌散雕梁玉委尘，夕阳芳草吊江滨。
伤心扇上桃花色，犹是秦淮旧日春。
桃根桃叶怨飘零，商女琵琶不忍听。
寂寞秦淮春去尽，曲终空见数峰青。

"寂寞秦淮春去尽，曲终空见数峰青"，有谁知道，如果可以在开始的时候就知道结局，多少的女子不愿成为故事和传奇，而愿是宜室宜家的寻常女子，拥有最凡俗的一生——

桃之夭夭，灼灼其华。
之子于归，宜其室家。
桃之夭夭，有蕡其实。
之子于归，宜其家室。
桃之夭夭，其叶蓁蓁。
之子于归，宜其家人。

望 春 花

当那一树粉白的花如一树醒来的梦兀自开在窗前，在春节之后、一个清寒料峭的早晨，我突然想起它们那些好听的名字：木兰、辛夷、木笔或者望春花。

真是各有各的好：木兰像开在树梢上的兰花，听起来似乎就有了铮铮铁骨；辛夷这个名字，特别有古意，莫名地就使人想起了王维的那首《辛夷坞》，真是寂寞又自在的花。木笔是乡人对紫红色木兰花的别称，也许是因为紫红的花儿，傲立枝头，朵朵含苞如笔，仿佛蘸上墨就能写出诗句的模样吧。

我最喜欢的名字还是望春花。盼望着、盼望着，这个名字里有一种想念和期盼的姿态——从冬天最寂寞的深处走来，带着春风，在路上。

春风其实正浩荡。很多东西我们看不见，但它们却在那里。树们、花儿们、鸟儿们、虫子们，它们都知道。望春花盛开在窗前的时候，清晨我推开窗，看见两只蓝山雀拖着长长的尾羽从花间掠过，飞向另一棵树上的巢。布谷鸟在唱着歌，母亲感叹说很久没有听到布谷鸟的叫声了，在她们四川老家，布谷鸟的叫声就是："快种苞谷！快种苞谷！"迎春花已经在水边开出了黄色的小朵，那一潭碧波，清晨还结着一层薄冰。

2018 年的阳光已经升起，渐渐驱散浓浓的寒意。望春花向着蓝天绽放，一朵一朵，纯白圣洁。六枚花瓣，紧紧地围在一起，像一个

个小杯，盛满岁月的醇酒。靠近中间的地方，泛着淡淡的紫色。

我们一家人围坐在窗内的茶桌边，阳光透过薄薄的纱帘洒下来，一派暖融融的春意。欢庆的爆竹声在小城此起彼伏，空气里弥漫着鞭炮的硝烟。父亲说今年要拍一张全家福，他和母亲为此都换上了喜庆的红装。父亲说母亲的那件红棉袄，还是她结婚时的嫁衣，半个多世纪前的嫁衣啊。节前母亲得了重感冒，那一天刚刚好了一些。温暖的阳光给他们涂上了一层暖光，平淡的相顾一笑里亦有不尽的默契。赶紧吧，捕捉并存留这珍贵的温馨的美好瞬间。那一刻，唯有感恩生命给我的一切，父母的爱是我永远的家。

窗外更远的地方，小山柔美的轮廓，淡淡地，融入天际。当我的目光与那一层层深黛不期而遇时，心中不禁一热。这是我的故乡，生于斯长于斯的土地——前半生拼命想要逃离，后半生又拼命要回来的地方。

子由跑到小池塘里捞鱼，红扑扑的小脸在阳光里发着光。池塘的岸边，红色的山茶开得正浓，阳光里的花儿们低垂着，最是那一低头的温柔呀，子由还不懂。这个孩子是幸运的，未来，他可以在万水千山之后，累了、倦了的时候，有一个遥远山水间的金色的小池塘可以怀想。

夕阳下来的时候，夕阳的暖光给望春花们披上了一件淡淡的金色薄纱。花儿们看起来更重了，个个若有所思，有了心事一般。我们也不去惊扰，人与花，相安无事。

一个夜晚，去城东路的老房子找东西。走在河边的小路上，邂逅了小时候的那一树望春花。它长在那里，几十年了。现在它一树洁白地站着，气定神闲地吐露着幽香。似乎忘记了自己的身边，是一个垃圾房。

我呆呆地回头，望着花儿们。这个时候，想象力是必须的，如果此时，来一点雪色与月光，就是余光中的《绝色》了：

> 若逢新雪初霁
> 满月当空
> 下面平铺着皓影
> 上面流转着亮银
> 你笑着走来
> 月色与雪色之间
> 你是第三种绝色

你笑着走来，在春风里。我突然想起小时候，快过年了，家里一片喜庆忙碌。我那能干的奶奶是要把每一个年过得热热闹闹圆圆满满的人。一个勤快的小姑娘，跟在奶奶身后，冻得红通通的小手提着满满的篮子，在这树花下，走过来、走过去，那时候真的非常非常冷，但小姑娘心里总是热气腾腾的，快过年了呀……时光、岁月，就这样铺天盖地地弥漫了过来……

我偷偷一笑，摸摸胸口——真好，那颗热气腾腾的心依然热气腾腾的，在几十年之后。

三月杜鹃映山红

杜鹃是山里质朴的花，武夷山人叫它"映山红"，因为春天花开，漫山遍野，映红了山谷。

清明时节，冷雨纷纷，杜鹃却开得正浓，浓得冲淡了扫墓踏青人心里的那点悲伤与惆怅，所以大家又叫它"清明花"。

对于杜鹃，我们不能送给它婀娜或是亭亭之类的字眼，杜鹃的美，美在风韵与气度，美在将万山遍染的豪情。

小时候，清明前后，学校都要组织我们去祭扫烈士墓，赤石新四军暴动的遗址。烈士墓就在我们茶场的对面，隔着一条崇阳溪。小小的向阳的山冈上，埋葬着七十三位烈士。那个地方松柏常青，翠竹环抱，杜鹃盛开，我们宣誓，我们唱歌，但我们不懂死亡，更不懂献身的意义。

扫墓结束，我背着小书包，和小伙伴们走在艳阳里。我们会摘一把野果或者采几束杜鹃花吃，杜鹃花酸酸的，对于没有零食的小孩子来说，聊胜于无。

很多年以后，有一天看《集结号》，听到这首歌：

兄弟你在哪里\天空又飘起了雨\我要你像黎明一样出现在我眼里\兄弟你在哪里\听不见你的呼吸\只感觉我在哭泣\泪像血一样在滴\我一个人\独自在继续\走在伤痛里闭着眼回忆\

岁月锋利 \ 那是最最致命的武器 \ 谁也无法 \ 把曾经都抹去 \ 还有什么比死亡更容易 \ 还有什么比倒下更有力 \ 没有火炬 \ 我只有勇敢点燃我自己 \ 用牺牲证明我们的勇气 \ 还有什么比死亡更恐惧 \ 还有什么比子弹更无敌 \ 没有躲避 \ 是因为我们永远在一起 \ 用牺牲证明我们没放弃 \ 从未分离 \ 每个夜晚都是同样的梦呓 \ 自言自语来世还要做兄弟

那一刻我也像被子弹击中。总有一种人，可以为了理想，把自己燃成火炬，用牺牲证明自己的勇气。

我的脑海里闪出了故乡那一丛丛火红的杜鹃。

杜鹃声里子规啼，杜鹃花里还有一种叫杜鹃的鸟儿在唱歌。

小的时候，喜欢听杜鹃鸟唱歌"布谷！布谷！"——到处繁花似锦，草长莺飞，这"布谷！布谷"像阳光从枝头洒下，亮闪闪的，落在心头，一片喜悦。

外婆却说它们在叫"早种苞谷！早种苞谷"，看着田野里忙碌的农人，再听听，真的也像。

后来长大了，读到过杜鹃鸟的故事。说很久很久以前，蜀王杜宇看到鳖灵治水有功，百姓安居乐业，便主动把王位让给他，他自己不久就死去了，死后化作杜鹃鸟，日夜啼叫，催春降福。

这个故事的另一个版本是说望帝称王于蜀，相思于大臣鳖灵的妻子，望帝以其功高，禅位于鳖灵。在这之后，望帝修道，处西山而隐，化为杜鹃鸟，至春则啼，滴血则为杜鹃花。这声声啼叫是杜宇对那个梦牵魂绕的人的呼唤。

不知道应该相信哪个故事，因为杜鹃声声，的确唱着"不如归去！不如归去"。

生而为人，求不得，是宿命。有多少人，能够为了所爱的人泪尽啼血？真爱无敌，但有多少爱可以敌过时间、敌过距离、敌过翻手为云

110　　覆手为雨的命运？

　　归去，归去，归去何去？回首故园，文天祥说："从今别却江南路，化作啼鹃带血归。"李商隐说："庄生晓梦迷蝴蝶，望帝春心托杜鹃"。可是沧海月明，蓝田日暖，浮生若梦，为欢几何？"此情可待成追忆，只是当时已惘然。"

　　不如归去，不如归去。烟花三月，子规声里，立尽黄昏。

　　曾经在多雨的早春时节，走过故乡的青青茶园。一丛丛红艳的杜鹃在翠绿的山水间令人惊艳。

　　小伙伴问我为什么没有人说某一杯岩茶里有杜鹃花的香气呢？我笑笑——可是每一杯岩茶里都可以有杜鹃花的骨气呀。

梦一样的紫云英

很多年以后，我在周作人的《故乡的野菜》里读到了他儿时的紫云英：

扫墓时候所常吃的还有一种野菜，俗称草紫，通称紫云英。农人在收获后，播种田内，用作肥料，是一种很被贱视的植物，但采取嫩茎瀹食，味颇鲜美，似豌豆苗。花紫红色，数十亩接连不断，一片锦绣，如铺着华美的地毯，非常好看，而且花朵状若蝴蝶，又如鸡雏，尤为小孩所喜，间有白色的花，相传可以治痢。很是珍重，但不易得。日本《俳句大辞典》云："此草与蒲公英同是习见的东西，从幼年时代便已熟识。在女人里边，不曾采过紫云英的人，恐未必有罢。"中国古来没有花环，但紫云英的花球却是小孩常玩的东西，这一层我还替那些小人们欣幸的。浙东扫墓用鼓吹，所以少年常随了乐音去看"上坟船里的姣姣"；没有钱的人家虽没有鼓吹，但是船头上篷窗下总露出些紫云英和杜鹃的花束，这也就是上坟船的确实的证据了。

我不禁会心一笑。紫云英该是小孩子的花，滋养过无数个童年。对于童年曾经与数十亩紫红色的花海为伴的人来说，那在春天的花海中嬉闹打滚的经历，该是生命中最最美好的时光。

111

在我小时候，当紫云英铺满了田野，我知道，温暖的春天已经来了。

那时候和外婆住在一起，天气好的时候，我会挽着一个小篮子，篮子里放一把小锄头，到外面去拔兔草。我养了好多兔子，喂饱它们是我的任务。

春天的空气真是好，香香甜甜的。紫云英开得正好，绿茸茸的叶子，粉紫色的小花，千朵，万朵，无数朵，在阳光下闪闪灼灼、窃窃私语。

躺在紫云英暖暖的怀抱里，看着天上的白云，飘过来，飘过去，一个下午很快就过去。

暮色起来了，外婆在小溪边叫我了。我慌忙爬起来，看见远山已是一片青黛，天际是一种少见的蓝色，干净而激滟。

后来，紫云英的红和天边的那抹蓝成了我最喜欢的两种颜色。

有时哥哥会来接我回家，外婆给我一碗稀饭，加了一小块红糖的稀饭，让我吃了再走。哥哥嫌我吃得慢，在旁边催我快点。为什么要快呢？红糖稀饭比酱油稀饭好吃多了，那点焦香、那点甜一定要慢慢吃才能体会的。

终于吃完了，哥哥牵着我穿过一片大白茶的茶园回家了。

小溪流向远方，鸡鸭牛羊都要回去了，我小小的心里有几分惆怅，满满的在胸口，只是不知道那是惆怅。

几年以前，曾特地去乡下寻找紫云英，但已经芳踪难觅了。据说因为现在的水稻大多是早稻，紫云英还没开花，就到了犁田插秧的季节。加上化肥的普及，谁还会种紫云英当绿肥呢。我们兄妹俩有点失望，坐在田埂上发呆，拔了一根别人地里的萝卜解渴。萝卜好辣，已不复儿时的清甜。

最近一次见到紫云英，是几年前。有一天，带子由去一座山间小小的尼姑庵踏青。那座小庵里有一位老尼姑，与我母亲熟识，每次见到我，总要牵着我的手，上下打量着叨念："这个妹子长得真是慈眉善目呀……"好吧，长得慈眉善目也总是好的。

那一天来到庵前，不禁惊呆了。一条笔直的大路疤痕一般，已经直抵山门，曾经的青堂乌瓦、曲径通幽、禅房花木都不见了，取而代之的是一派热闹熙攘。我牵着子由默默地出来，在山路上游荡。"妈妈，那边有一大片小红花！""妈妈，应该就是你经常说的紫云英呀！"

我们开心地奔了过去。真的，真的，我的紫云英，几十年以后，我们依然可以重逢在故乡浩荡的春风里。

我摘下几朵，的确，就如周作人说的"花朵状若蝴蝶，又如鸡雏"，此时我有一点不解，为什么小时候一直觉得它们像一个个小圆球呢？

初春的阳光是透明的。沉睡了一个冬天的稻田，在阳光里散发出温热的气息。几只小鸟在稻草垛上啁啾，蜂蝶们忙碌着，金黄的油菜花在春风里招摇。子由快乐地摘着蒲公英，攒成一个花球，掷了过来，我也回敬一个过去……多么美好的小时光。闹够了，娘儿俩躺在紫云英花丛里："妈妈，你在想什么呀？""妈妈在想如果可以回到小时候该有多好啊。"

夕阳西下，我们回家了。那天晚上，我给子由读金子美玲的童谣《星星和蒲公英》。我特别喜欢金子美玲，因为读她的童谣，我会流泪。我想她应该是那种内心特别干净的人，所以才能写出好的诗句。就像海子说的："天空一无所有，却给我慰藉。"她只活了 27 岁，生命里有那么多又湿又冷的雪又寒冷又漫长的冬天，但却留给我们这么多美好。她永远带着一层透明的忧伤在歌唱，也许，那就是她的选择，用它们来对抗寂寞、对抗痛苦、对抗遗忘甚至死亡。

那些诗终于长到了她的心里，裹挟着一股暖流汇入心海，幻化成千万条闪亮的鱼儿，向着有光的明亮那方。而我们，也在这光和明亮里，温暖了起来。

114

紫云英地

星星点点，开着花的，紫云英地，要耕种了。目光和善的，老黑牛，套着犁头，犁过来的时候，连花儿连荏子，一个接一个，埋到黑沉沉的，泥土下面，云雀在天上，啼叫着，紫云英地，要耕种了。

紫云英叶子的歌

花儿被摘下，会到哪里去？这里虽然有蓝天，还有会唱歌的云雀，可是我好想知道，那个快乐的旅人，风的去向。在花枝间寻觅的，那些可爱的小手，其中有没有哪一只会摘下我？

"没有家的鱼儿，不管是涨潮的夜晚，还是冰冷的夜晚，一整夜都在游泳吧？"那一夜，读到这样的句子，心里就潮湿了。我离开故乡已经很久很久，离开那一片片梦一样的紫云英，也已经很久很久了。

三 叶 草

其实我现在很少做梦，但偶尔地，春天的下午，会有片刻的梦——梦见小时候的我，很小很小的我，在田野里奔跑，在成片成片的小花小草间奔跑。后来我停下了脚步，一条小溪挡住了去路，其实那是一条引水渠，清亮清亮的水波里摇曳着长长的水草，我把篮子里的小花——三叶草、紫云英撒在水里，那些紫色、红色的小花打了几个转，慢慢消失了，突然就感觉到一点点不开心……再后来，我听见外婆在很远很远的地方叫我了。

115

然后，我就醒了。

醒了，和妈妈说起做过的梦，说起梦里的那条小溪、溪边的小屋、圆圆的踏脚石，妈妈很诧异说你怎么记得那么小时候的事，你说的那个地方，你和外婆住在那的时候，你比现在的子由还小。

没办法，有些人的脑袋从小就尽装没用的东西。

春天的天气真是好，太阳大大的，还有点潮乎乎的，晒得我裹在花棉袄里的小身子有点难受，外婆不让脱棉袄，说春天了还得捂一捂。

中午跟着外婆去看舅舅养的蜜蜂，舅舅的蜂箱摆在一块田里，他似乎也不忙，躲在一棵树下看书。

蜜蜂们很忙，因为远一点的地方有桃花、李花、油菜花，而近处，到处是三叶草花和紫云英，蜜蜂们必须很忙，如果不快一点，

不久，这些三叶草花和紫云英都会被农人赶着耕牛翻起，埋进黝黑的泥土里。

吃蜂蜜的时候，总有点小疑问，为什么蜂蜜不会酸呢？三叶草明明就是酸的。因为它的花、叶子还有根，我全都吃过——连圆圆的小球根都是酸酸的。

所以，其实在小时候，三叶草的名字一直叫"酸叽叽草"——很多很多年以后，我才知道原来它还和希望、梦想、爱情、幸福有关。

有一次，在林清玄的散文里读到他喝酢浆草茶的事，不禁一笑。酢浆草，在我心里，一直是小一号的三叶草，或许，它们原本就是同一个东西。一个喜欢喝酢浆草茶的人和一个喜欢喝肉汤的人，一定是非常不同的人。

孩子们似乎总是喜欢三叶草的，就像现在的子由也喜欢三叶草一样。

好在到处都有，随处可见。有一天，我告诉他说："宝宝，妈妈小时候把三叶草叫'酸叽叽草'。"

他前俯后仰笑了半天，后来，我又说："妈妈小时候呀，那个地方,春天来的时候，田野里遍地都是三叶草，很多很多，千朵万朵，蜜蜂们都飞来采花酿蜜……"

"真的吗?"他一脸神往。

"妈妈，带我去你小时候吧!"

春天来的时候，到处都能见到三叶草的踪影。一片片小紫花倔强地怒放着它们的生命。

有雨的夜晚，听得见水滴在树叶上的嘀嗒，你的感觉也像被雨水冲刷过一样，清晰敏锐起来。取一个青花盖碗，冲一泡数年前的老枞水仙。滚烫的水下去，杯中的茶似乎微微颤了一下。然后，就该快快地倾出茶汤了，一杯茶里，尽现山光水色、鸟声虫鸣、云烟雾岚。

心念突然一动，从阳台的花盆里掐下几朵三叶草紫红色的小花，把它们摆放在透明的玻璃茶海边——花与茶，就这样，在默默辉映间，静静地相逢一笑。

117

又见春光到楝花

昨夜无意读到这首诗：

> 雨过溪头鸟篆沙，溪山深处野人家。
>
> 门前桃李都飞尽，又见春光到楝花。

楝花，还有多少人认得楝花？

小时候，我们把楝树称作苦楝。在我们的那个茶场，有一条马路穿场而过，道路的两旁种满了苦楝树。

苦楝很高大，可以长到两三层楼高。三月，大地春回，天气渐渐转暖，桃花李花早已枝头争艳。此时，苦楝才不紧不慢地，发出嫩绿的新芽。待到春深，百花飞尽，有时，从树下走过，你突然闻到一股淡淡的芬芳，一抬头，不知何时，碧绿的叶片间一簇簇紫色的小花在探头探脑。风吹过，摇落了片片飞花，我捡拾起，把它们盛在小小的掌心。多么玲珑的小花呀，我惊叹造物的神奇，每一朵白色里还开着一朵更小的粉紫。

我们的家是青砖白墙的小瓦房，家里忙碌着我的母亲。年轻时的母亲温柔美丽、贤惠勤劳，简陋的小屋收拾得干净整洁、井井有条。我最喜欢她挂的窗帘了，省吃俭用买下的，一块绿色的小碎花布，阳光、月光、灯光，哪一种光透过来，都有温馨的、别样的

美丽。

　　家门前，有几棵高大的苦楝树。暮春至夏至秋，我们会把小饭桌搬到门前的苦楝树下，乘凉、吃饭、聊天。夏天的晚饭，母亲煮的最多的是青菜挂面，煮好的面条装在盆里，上面漂着圆圆的剔透的油花。有时会有一盘荷包蛋，或者一盘煎得两面金黄的咸带鱼，或者是土豆饼，还有一碟母亲新剁的红红的辣椒酱。一家人围坐在苦楝树下，不时会有花叶飘落下来。

　　吃鱼的时候，母亲会在身边盯着我，让我慢慢吃。吃鱼是我的弱项，每次吃鱼，我都小心翼翼，怕又被鱼骨头卡住，时间久了，我就愈发的不爱吃鱼，乃至一切张牙舞爪的海产。所以，读大学的时候，一次在饭桌上，别人递给我一只螃蟹，我竟然问："请问该从哪里吃起呀？"

　　不过，吃植物长大的孩子也是有优点的，比如长得像一棵植物或者拥有一颗植物般的心。

　　在孩子心里，别人家的饭总是更好吃的。更好吃的饭当然是苦楝树下的邻居家水友阿姨家的饭了。水友阿姨是江西人，她有四个儿子，分别取了喜气洋洋的"福""禄""寿""喜"四个名字，后来又收养了一个女儿，一个兔唇的女孩，叫芸。芸被领回来的时候，兔唇已经被粗糙地修复了，尽管其他的小孩都嘲笑她，但是我不，我和她是好朋友。吃饭的时候，我总端着饭碗往她家跑。水友阿姨正在炒菜，用那口刚刚煮过猪食才洗干净的大锅。芸在灶下烧火，红红的火苗映红了小脸。水友阿姨热锅热油地炒着一种叫做"牛皮"的菜，放了很多很多辣椒，还有很多很多盐，起锅的时候，再浇上一勺红红的豆腐乳的汁。

热、辣、鲜、香，这道化腐朽为神奇的菜品，也许实在是出于一位母亲的无奈——因为咸、因为辣，福禄寿喜们抢吃的速度也许就可以放缓一些了吧。但是在邻居小姑娘的心里，实在是童年记忆中的美味呀。虽然我知道牛皮菜在他们家里通常是给猪吃的东西。吃完香喷喷的牛皮菜拌饭，两个小姑娘就提着小篮子，一起出门拔兔草了。

我们穿过那条长满苦楝树的马路。花期过后，苦楝树已经结出了一簇簇青青的果实。一群男孩子爬到树上，嬉笑着，采摘苦楝树的果实，放在弹弓上打来打去。我捡了一个果子，放进嘴里咬了一口，啊，实在苦涩，就像它的名字。

路上走来一个非常矮小的女人，我们都认识她，知道她的名字叫红菇。隐隐约约听大人说红菇不能生小孩，所以被"休"了。我实在不理解，为什么女人就要生小孩？为什么不能生小孩就要被"休"了？再说什么是"休"呢？——正在胡思乱想，红菇放下身上背的柴，从口袋里掏出一个手帕包的小包，她打开小包，里面有一块小小的红糖。她把糖递给我："妹妹呀，那个果子不能吃的。"我和芸含着糖，呆呆看着红菇瘦小的身影以及她身上的一捆柴在苦楝树下渐行渐远。

后来，我长大了，离开了小时候生活的地方。现在，每次路过茶场，总要多看几眼，那些小时候的树还在吗？

当然不在了。

最后一次见到苦楝树是在几年前。一个茶季，我带着父亲和子由到三坑两涧访茶。那是最美的茶季，阳春三月，草长莺飞，杂花生树，野花盛开，流水潺潺，人间草木，一派天真烂漫。在牛栏坑的路口，远远地，看见一片紫色的花影在艳阳里婆娑——真的，久违的苦楝树呀，我欢呼着跑了过去。我站在花下，看着父亲在茶园里教子由怎样采摘。故乡的茶季，漫山遍野的茶树们尽情释放着它们生命的力量，苦楝花也用它菲薄的幽香加入了这春天的交响。也许，也许某一天，我会在某一杯茶里破译出它留下的神奇的密码吧。

突然想起洛夫先生的《譬如朝露》里的一句："时间，一条青蛇似的，穿过我那玻璃镶成的肉身。"没有什么可以敌过时间，但是，爱可以。植物的世界真是宽广无边，在它们这里，也许我们才是微不足道的。我走过每一座山、每一条河，路过每一棵树、每一朵花，我不知道，山、河、树、花——所有的一切，它们在爱着我。这样的爱，足以让我生命之树枝繁叶茂、生生不息。

五月·杨梅

厦门的五月，下着潮湿的雨。各种花们热闹着，凤凰花在雨中如火如荼，蓝花楹在城市的街角娟娟静静。它们各自安好，装点着这个城市。

清晨，冒着雨，到市场买菜，发现有许多卖杨梅的农妇。

那些装在筐子里的杨梅，炎炎熠熠，红得发黑，黑得发亮。子由说："妈，快多买点！我想吃很多很多！"于是，欢欢喜喜地买了很多回家，洗干净，用盐水泡着，拿一颗尝尝，酸酸甜甜，果然好吃。

杨梅，应该是古已有之的。据说苏轼当年被贬岭南，喜欢上了岭南的荔枝，于是写下了"日啖荔枝三百颗，不辞长作岭南人"的诗句，可是，当他吃了吴越一带的杨梅之后，就见异思迁了，说："西凉葡萄，闽广荔枝，未若吴越杨梅。"我并不觉得这见异思迁得不好，反倒愈发觉得苏轼有一种孩子气的可爱了。也许，和葡萄、荔枝相比，杨梅的滋味里，不是单单的酸或甜，而是酸而甜、甜而酸，有一点小俏皮，有更多的层次和变化吧。

五月，大约很多的城市都在雨季。好吃的杨梅，让我想起汪曾祺在《昆明的雨》里写到的昆明的杨梅：

　　雨季的果子，是杨梅。卖杨梅的都是苗族女孩子，戴一顶小花帽子，穿着扳尖的绣了满帮花的鞋，坐在人家阶石的一角，

不时吆喝一声："卖杨梅——"声音娇娇的。她们的声音使得昆明雨季的空气更加柔和了。

昆明的杨梅很大，有一个乒乓球那样大，颜色黑红黑红的，叫做"火炭梅"。这个名字起得真好，真是像一球烧得炽红的火炭！一点都不酸！我吃过苏州洞庭山的杨梅、井冈山的杨梅，好像都比不上昆明的火炭梅。

厦门卖杨梅的，多是晒得黝黑的农妇，比不得昆明娇娇的苗族小姑娘。但是在颜色黑红黑红、滋味酸酸甜甜这些地方，我想是丝毫不逊色的。

其实，厦门本地的杨梅似乎不多，大多数的杨梅来自邻近的龙海。杨梅成熟的季节，也会和朋友们相约去采摘。

有一次，下着暴雨，我们去龙海采杨梅。路过海沧东孚时，在雨中，我已经完全辨不出方向，全凭感觉把握着方向盘，心里想：拜托拜托，千万千万不可以熄火呀。

好不容易到了杨梅园所在的山脚下，同去的翰妈电话问我："子由妈，你开过山路吧？"

"这还用说，我可是真正的山里人！"

于是，就这么沿着山路往上开了。十分钟后，道路越来越陡，原本还算宽敞的路变得不足三米，在一个感觉坡度极大的转角，我突然感觉天旋地转，浑身乏力，想要呕吐——难道这就是传说中的恐高症？

但是，没有退路了。车上也只有一个孩子。此时，唯一能做的也只有鼓起勇气，猛踩油门，在狂风暴雨中向前。

终于冲到了山顶。此时，雨势渐收。只见四处云雾缭绕，美丽的杨梅园里，乒乓球大小的果子沉甸甸地挂在枝头。我摘下一颗，一口咬下去，酸而甜的汁液在舌尖欢快地跳跃着。

那经历过一路风雨采摘到的杨梅，自然是有一番不同的滋味。

记得小时候的初夏，也会去采杨梅。

妈妈不让我跟在一群男孩子后面去野，所以总是对我说不可以去的杨梅树上有很多蛇你不是最怕蛇吗。我的确最怕蛇了，所以真的不去了。

只有一次，我跟着姑父开的大卡车，到一个林场去拉木头，大人们都装木头去了，我发现高高的木头堆的边上，有一棵结满了果子的杨梅树。

我激动地爬上木头堆，只需要轻轻一跳，就爬到了树上。妈妈说的蛇的事，早已经抛到九霄云外。

树上的杨梅是粉红色的，有些还接近粉白。我坐在树上吃，一直吃到满嘴发麻。天色昏暗下来，五月的山间，弥漫着潮湿温暖的气息，杜鹃点缀在林间，火一般跃动着。

几声鸟鸣自林间传来，大山显得愈发的寂寞了。

我从口袋里掏出一张小手帕，把摘下的杨梅放在小手帕里，我想给妈妈带一点。我把装了杨梅的小手帕放在腿上，把两个对角扎起来，做成一个小小的包袱，提在手里。

大人在喊我了，我应了一声，跳下了杨梅树。

大卡车摇晃着，我在车上睡着了。回到家，杨梅们都被摇坏了，我的小手帕，都染上了杨梅汁的梅红，变成了一条花手帕，散发着淡淡的、天然的色泽。就像秋天时，用捣碎的栀子花的果实染出的明黄色的小手帕——满满的草本气息，最温柔的小手帕。

长大以后，再也染不出梅红色的小手帕了，但杨梅酒倒是会做了。

把嫣红的杨梅装进玻璃瓶，然后放进很多很多冰糖，再然后，倒进高度的白酒，密封起来。

做杨梅酒，就这么简单。简单得像把一只大象装进冰箱里。

两三周以后，杨梅们与冰糖及酒发生了各种神奇的化学反应，而我的味蕾也雀跃着。

忍不住偷偷倒了一杯，加了点冰块喝起来。

微酸、微甜，酸和甜里都有曲曲折折的意思，甘甜的滋味里分明有着一抹梅红的温柔——最是那一低头的温柔呀。

开到荼蘼

"雨横风狂三月暮，门掩黄昏，无计留春住"——如果一扇小小的柴扉就可以挽留住春天，那么，落红飞过秋千的身影也许就会多几分淡定从容了吧？

据说，百花的尽头，是荼蘼。暮春的荼蘼开过之后，便再无花可开。

在小时候的山野间，常常可以邂逅荼蘼。

五月的大地，春既深、春已暮，在一堵断墙边、篱笆上，攀沿着一架架粉白、粉红的复瓣的小花，有一点寂寞、有一点惆怅的小花。

我不认识它们，伸出小手去攀折，一不小心，手被刺了，原来，这清丽的小花并不如它们看上去的样子那般娇弱，它们也带着刺的，不会让人随意折去。

后来读了些书，读到《红楼梦》，第六十三回，宝玉生日那天晚上，群芳在怡红院开夜宴，行花名酒签令。轮到麝月的时候：

> 麝月便掣出一根出来，大家看时，这面上一枝荼蘼花，题着"韶华胜极"四字，那边写着一句旧诗，道是："待到荼蘼花事了"，注云："在席各饮三杯送春"。麝月问怎么讲，宝玉愁眉忙将签藏了说："咱们且喝酒。"说着大家吃了三口，以充三杯之数。

当时只是觉得"待到荼蘼花事了"这个句子是何等的美，读来满口生香的感觉。没来由地，就觉得荼蘼一定就是我小时候在暮春时节邂逅过的那些花儿。

至于麝月这个丫头，起初也是并不在意的。可是，读着读着，就觉得这麝月就是荼蘼花了。春日将尽，贾府渐渐走向衰亡。千红一窟，万艳同杯，每一个人都走向命运安排的结局，一片白茫茫大地真干净。

有些意外，麝月成为最终留在宝玉身边的人——多像她那夜抽到的荼蘼花，那暮春的花，从来是不争不显的，群芳盛开时，谁也不会注意到它的存在，但当春之将尽，荼蘼枝繁叶茂，花繁香浓，"春山杜宇唤人归，归见荼蘼满架垂"——它终于被看见了，在春归之后。

春归，其实和春天来时一样的美。惜春、叹春都不过是为着贪恋，贪恋爱、贪恋美。其实有什么不同？孤寂时有孤寂的美，热闹时有热闹的美。

热闹的美，我想起一些暮春时节荼蘼花下的欢会。

比如"飞英会"：

> 蜀公（范镇）居许下……前有荼蘼架，高广可容数十客，每春季，花繁盛时，燕（宴）客于其下。约曰："有飞花堕酒中者，为余浮一大白。"或语笑喧哗之际，微风过之，则满座无遗者。当时号为"飞英会"，传之四远，无不以为美谈也。

这是怎样的场景呢？在一个可以容几十个人坐于其下围案欢聚的庞大花架下，行这世上最独特的酒令：落花掉在谁的酒杯里，谁就把杯中酒喝干。

春风和煦，片片落瓣如雪，撒落杯中、案上、衣襟……

"飞英会"的主人范镇是司马光的好友。在政治风云中，围绕着变法与否个个豪情万丈，但是，在政治之外，却可以如此风雅。

据说当时还有一种荼蘼酒。先把一种叫做"木香"的香料研磨成细末，投入酒瓶中，然后将酒瓶密封。

到了饮酒的时候，开瓶取酒，酒液已经芳香四溢，这时再在酒上洒满荼蘼花瓣。酒香和着荼蘼花香，难舍难分。这一做法，显然是"飞英会"的延展。荼蘼，成就了宋人暮春里几多的美好。

有时想，如果，如果可以沿着时光之河向回航行，我愿意在一千年以前的宋朝上岸。我愿是一个眉目如画双瞳熠熠的女子，"月如眉，浅笑含双靥，低声唱小词"，吟唱着那个繁华靡丽的朝代。

有一首晏小山的《浣溪沙》：

> 日日双眉斗画长，行云飞絮共轻狂。不将心嫁冶游郎。
> 溅酒滴残歌扇字，弄花熏得舞衣香。一春弹泪说凄凉。

说的就是大宋盛世中的女子，她们日日嬉戏玩闹，比着谁的眉毛

128

画得又细又长，像空中的行云与飞絮般任意恣狂，但即便如此，也不肯将一颗芳心随意托付。

明媚的春日，在花丛中斗酒，酒打翻了，残酒泼湿了扇面，那就去摘一朵花、扑一只蝶吧，让衣裙都染上了花儿的芬芳。

只有在暮春时节，当她们在花边弹唱，感觉丝丝凄凉，忍不住流泪感伤——唯美的欢愉呀。

多么欣喜，我在五月故乡的田野，四野飘香的茶季，再度邂逅荼蘼。明明是闪闪灼灼风月无边，却依旧寂寂独立。时光、岁月、过客、归人，你们来或不来，我就在那里。

在回来的高铁上，身边的年轻人在谈论《后来的我们》。我微笑着静听。

那个故事说的是一对男女在过年回家的火车上相识，之后两人的命运便纠缠在一起，然后历经恋爱、分手、错过、重逢的故事。

故事的开头和结局，如那首歌里唱的：从前的我们一无所有，却爱了很久；后来的我们什么都有了，却没有了我们。

身边的年轻人开始听那首歌，我也笑着静听。

我也像他们一样年轻过呢，他们就像我的从前，而我又是谁的后来？

我们的二十世纪八十年代的从前。现在我依然热爱着那个把酒言欢的年代、相信理想和情怀的年代、洋溢着追寻光芒的年代。

"我将青春付给了你，将岁月留给我自己"，爱的离散是必须。

爱到荼蘼，纵然或许是独角戏，但真心不悔。所有的一切，得到或失去，终将丰饶你的生命。

经过很多年，有一次看昆曲《牡丹亭》，突然明白：不是谁都担得起深情。深情往往是一桩悲剧，必将以死来"句读"。

没有后来，唯有当下。当下最美，不是都说了，最好的时刻，永远是此时此刻。

如果现在的你活成了一棵树，那么祝贺你。成为一棵树，意味着年轮越多，越有味道。风雨为你裁剪出更有轮廓的样貌，向上向下都蓬勃生长，尽沐四季阳光的芬芳。

当然，你也可以活成一朵花，用你的努力，安然穿越岁月的长河，一路散发动人的清香。

就算开到荼蘼，那又如何？人间大地，春虽迟暮，可是，夏正年轻。

130

秋葵的滋味

近来，开始试着在阳台种菜。到外边挖土、播种、浇水这些活，都是子由最爱的。

有一天，他还一本正经地打电话让他外公寄点菜籽来，没想到他外公居然也一本正经地快递了过来。

迫不及待地播到土里，过了几天，居然也发芽了，子由诗意地表达为"黑黑的泥土里，飞出了一群绿色的蝴蝶"。经过观察，这群绿色的蝴蝶是些白菜。但有一天，我们发现白菜里出现了一个"异类"——一棵长着五角形叶子的好看的植物，我对子由说："子由，很像秋葵哦，就是我们在外婆家吃过的洋茄。""真的呀，妈妈，我想吃。"

上星期到市场买菜，居然真的见到有人在卖，赶紧拣了些嫩的，中午就做了一道清炒秋葵。吃完午饭，子由说："妈妈，记得下次多买点！"我连声说好。

其实，在我们老家武夷山，秋葵早已是夏天常见的一道菜了。长得有点像青辣椒，当地人称其为洋茄。

我小时候其实就见过这种植物，田间地头长着几棵，高高的，在阳光下开着鲜艳的黄色花朵——在我的记忆里，秋葵花是蔬菜里最美的花，而且我无端地喜欢它的名字，"秋"或是"葵"，哪一个字，似乎都是可以放在心里细细咀嚼的。

但那时真不知道那花结的果实可以吃。

　　秋葵是好吃的菜，最常见的吃法就是切了片加蒜蓉清炒。切过的秋葵会渗出一种黏液，炒时尽量不加水，吃起来很爽口。当然也有其他的吃法，比如将炒好的秋葵铺在盘底，再将另外炒好的牛肉浇在秋葵上面，色香味俱全，就可以喝点酒了。

　　当然如果这些你都腻了，还可以把秋葵洗干净，切去头尾，放开水里焯熟，然后拿一小碟，放点蒜、酱油、醋，蘸着吃——返璞归真，几近禅意。

　　去年暑假回武夷山的时候，有一天，我和子由路过一个邻居家，她家的院子里种着许多奇怪的植物。

　　我们看到几棵长得高高的秋葵，开着碗口大的花。老太太见子由喜欢，摘了几朵花送他，子由欢喜地带着回家。

　　在院子的水池边，也许是看见睡莲都谢了，子由把秋葵花放到睡莲的叶子上。

　　傍晚时分，子由外公回来了，可能是眼神不好，我们在客厅里听见他的自言自语："奇怪，我出门的时候明明看见睡莲开着红色的花，怎么一下就变成黄色的花了？"

　　前几天写了秋葵，就一直惦记着找找以前拍的秋葵照片，翻箱倒柜地，终于找到。两年前的夏天，在邻居家的院子里拍的，邻居阿姨种了很多好看的花草，包括秋葵。子由很喜欢去看。他们家的儿子，年龄估计有三十几岁，因为小儿麻痹留下后遗症，智力停顿在小时候。他每天穿着保安的制服，坐在院子里，看见子由和我路过，就显出很高兴的样子，子由似乎也不怕他。

　　只是有一次，他们家来了亲戚，一家人高高兴兴开着车要出门玩。车还没出小区，正在玩球的子由和我突然听见一阵响动——邻居阿姨追在后面，她的儿子冲了出来，追在车后，嘴里含混不清地哭喊着："我也要去！我也要去！"可能因为跑得太快，他摔到了，他的妈妈跑过来，抱住他说："别哭了，别哭了，妈妈陪你！妈妈陪你！"那辆车停了一下，然后绝尘而去。

子由看看他们，又看看我，摇了摇小脑袋，感叹道："他们为什么不带他去啊?!"

晚上讲睡前故事的时候，他跑出去，翻出一本书，一半命令一半恳求："妈妈，读这本《人间草木》给我听吧。"

我居然看到了汪曾祺老先生写的关于秋葵的小文：

> 秋葵叶似鸡脚，又名鸡脚葵、鸡爪葵。花淡黄色，淡若无质。花瓣内侧近蒂处有檀色晕斑。花心浅白，柱头深紫。
>
> 秋葵不是名花，然而风致楚楚。古人诗说秋葵似女道士，我觉得很像，虽然我从未见过一个女道士。

秋葵像女道士？那也该是好看的女道士吧？问题是，哪里有好看的女道士呢？

不解。

这段文字的另一边，配着清人邹一桂的一幅花卉图，还没等我看明白，子由抢过我的书，说："妈妈，这不是秋葵吗?"

果然。

关于葵与女道士的关系，几年以后的 2015 年，我们在成都的青羊宫里寻到了一点蛛丝马迹。

夏日清晨，青羊宫有一种安静的美。我们穿过一片小竹林，踏着铺满青苔的一段台阶，几乎听得见细碎的桂花窸窸窣窣掉落的声响。

台阶的尽头，古老的宫观前，透过袅袅的青烟，我们看见一片高大艳丽的葵。

也许是日日浸染着仙风，那灼灼的艳丽里也染了丝丝静穆。

几个女道士在晨光里安静地漫步，阳光把她们的背影染成淡淡的金色。

　　“妈，女道士！”

　　“子由，秋葵！”

　　“妈，那是蜀葵，不是秋葵！”

　　“反正差不多，都很像呢。”

　　风致楚楚的葵。

猪 屎 豆

一场秋雨，让我莫名地想起了故乡田野中的那些猪屎豆，想它们在这样的寒雨中是否亭亭依旧。

其实，猪屎豆和紫云英一样，是一种用作绿肥的植物。但现在很少有人用绿肥了，所以认识它的人一定也很少。

但我认识它，因为从小就认识的。

一年秋天，带着宝宝在家休假。一天早晨，很好的阳光，我把宝宝放在院子鱼池边的草地上晒太阳，宝宝爬呀爬，小手揪住了一棵小苗。我一看：绿茸茸的一棵东西，长着几片小手般大小的叶子，刚从土里冒出来。

我心里一动：这是啥呢？

留着吧，这么好看。

不出几天，当它长到我膝盖那么高的时候，我终于认出来了，它是猪屎豆。

小时候，我一直以为猪屎豆就是长给我们小孩子玩的。秋天的茶园、田野里，一排排、一簇簇比我们还高的猪屎豆，开着串串的小黄花生机勃勃地在秋风里招摇。结果了，豆荚似的果实被孩子们摘下，摇一摇，就会发出好听的"沙—沙—沙"，有时，一阵风过，仿佛是有人在风中歌唱。

爷爷去世以后，我整理他的回忆录，看到他们二十世纪六十年代在崇安茶场进行茶园改造大量种植绿肥的情景：

> 从 1964 年开始，省农垦厅拿出八万元改造茶园。茶场列入第一期改造的茶园有一千亩，改造开始后，最为棘手的问题是解决有机肥的肥源问题。过去购买商品肥主要是采购菜籽饼，闽北各县都在采购范围，而这时却因各地大力发展养猪业，把菜饼作为养猪饲料，所以菜饼很难买到。江西浙江一带也买不到，只能自力更生加以解决。于是我们在土地较好的茶园套种了猪屎豆等绿肥一千多亩……经过全场职工的努力，当年完成了千亩茶园的改造，经过改造的茶园一片生机盎然。

原来，前人种树后人乘凉。难怪小时候茶园里的猪屎豆们总是那么欣欣向荣、那样生生不息。

当秋风一阵凉似一阵的时候，院子里的这棵也在风中结出了果实。

那个时候，还没有人能确定，我的宝宝是否能听见这个世界的声音。

我轻轻摘下一个豆荚，在宝宝的脑后轻摇。摇到这一边，他转过来；摇到那一边，他就转过去。

宝宝仿佛觉察出什么，伸出小手，夺过我的豆荚，放在我的耳边一阵乱摇。小小的笑容无比灿烂，像一朵天真无邪的小花。

我抱紧他，就像抱着整个世界——这个生命因你而来，但他又不是你，他是另一个生命。他延续了你、包容了你、完整了你，甚至拯救了你。为此，你除了感恩，唯有感恩。

一阵风过，那棵猪屎豆轻轻摇摆。

在那个秋天的早晨，我又听见了那来自岁月深处的"沙—沙—沙"。秋天的风就这么吹过来，微凉、柔和，可我知道，那不是从前的风了。

猪屎豆的种子很美，蓝黑色的心形，散发着润泽的光。每当我捧着它们在掌心把玩，内心就会深深感慨：为什么如此卑微平凡的猪屎豆，会有这样美的内在？

小茗同学说她们现在的孩子也爱猪屎豆，就因为猪屎豆的种子长得像一颗颗心。

据说，猪屎豆还有很多其他的名字，比如野苦豆、大眼兰、野黄豆草、猪屎青、野花生、大马铃、水蓼竹、响铃草，但不知怎的，我还是觉得"猪屎豆"是最好听的那一个。

鸡 爪 梨

一直以为"鸡爪梨"是我们这些乡下孩子随便给这种野果取的名字，直到今天，我想写一篇关于它的文字。试着百度了一下，发现原来它也并不小众。"鸡爪梨"的词条是这样说的：

鸡爪梨，学名枳椇子，又叫拐枣，万寿果、万韦果、金钩子、鸡距子、木蜜、梨枣，属鼠李科，枳属木本植物。落叶乔木，高达 10 米多；嫩枝、幼叶背面、叶柄和花序轴初有短柔毛，后脱落。叶片椭圆状卵形、宽卵形或心状卵形，长 8—16 厘米，宽 6—11 厘米，顶端渐尖，基部圆形或心形，常不对称，边缘有细锯齿，背面沿叶脉或脉间有柔毛。两义式聚伞花序顶生和腋生；花小，黄绿色，直径约 4 援 5 毫米；花瓣扁圆形；花柱常裂至中部或深裂。果柄肉质，扭曲，红褐色；果实近球形，直径约 7 毫米，灰褐色。花期 6 月，果期 8—10 月。果柄含多量葡萄糖和苹果酸钾，经霜后甜，可生食或酿酒，俗称"拐枣"；果实入药，为清凉利尿药，并能解酒；"拐枣酒"能治风湿症；木材硬度适中，纹理美，供建筑及制家具和美术工艺品等的用材。生向阳山坡、山谷、沟边及路旁，主要分布于陕西、江西、安徽、浙江、广东、福建、湖北、湖南、广西、四川、贵州、云南等省。

　　我小的时候，生活在一个茶场。这个茶场是和武夷山风景区交错在一起的。一条马路从茶场中间穿过，连接县城和风景区。路的两旁，密密地长满大树，我认得的，有两种，一种是乌桕，一种是鸡爪梨。

　　鸡爪梨长得高高大大，树冠松散，有一股淡淡的香。年年岁岁在那树下走过，那香味应该改变过我的性情，但我却浑然不知。

　　为什么叫鸡爪梨呢？大约是因为它的果实很像鸡爪，味道有点像梨吧。夏天的时候，鸡爪梨会开花，细细碎碎的黄色小花。秋风起来的时候，鸡爪梨开始结果。鸡爪梨的果很丑，但味道很温柔。每天上学放学的路上总不忘抬头望一望，什么时候才熟啊？

　　通常也等不到熟，那些调皮的男孩早噜噜噜地爬上去采个精光了，偶尔也分一点给我们，尝一口，哪里能吃？又酸又涩。

　　女孩子们也不示弱，我们在竹竿的顶上绑一把镰刀，把高枝上的鸡爪梨割下来。割下来的鸡爪梨不急着吃，我们会把它埋进家里的米缸里。米缸是个宝藏，里面深深的地方，还埋着青青的柿子和苹果。

每天总要偷偷去看几回，直到有一天，里面飘出熟果的甜香。

轻轻拂去上面的米粒，鸡爪梨已经褪去了青涩，露出深褐色的柔软身段。下霜的天气，很好的阳光，我拿着鸡爪梨坐在家门口的小板凳上，尝一口，与柿饼的味道相仿。

2003 年的深秋，与小丽她们几个在武夷山。那天在去大红袍的山道上，一座小桥边，一个小男孩提着篮子在卖东西，我一看，居然是久违的鸡爪梨。

花一块钱买了一把，一尝，什么味道？唉，不必说，地球人都知道。

人与桂花各自香

小时候的秋天，几场秋雨过后，暑气渐消。月正圆，花正香，庭院里桂花皎皎。奶奶端出一张小圆桌，桌上是一炷香、一壶茶、一块月饼。大家吃着月饼，听奶奶讲嫦娥奔月、吴刚伐桂的故事，小小的一颗心总是不解：这吴刚与那月桂无冤无仇，为啥要不停地砍那棵树呢？

老屋的院子里，原先有两棵桂花树。那是差不多四十年以前爷爷奶奶种的。闽北的小城，人们都喜欢在庭院里种兰花和桂花，也许"兰桂齐芳"寄托了许多人美好的心意吧。何况在庭院里植桂，既可有荫凉，又可享花香。

九月，当秋风吹起，如果你足够安静，便听得见那一串串小黄花簌簌落地的声响。用手摇一摇树干，小黄花们就落得更欢了。后来每每读到苏轼的《浣溪沙》里"簌簌衣巾落枣花"一句，便没来由地想起故乡、想起那些簌簌落下的桂花雨，就不禁在心里微微一笑。

每晚的月亮，越来越像一只唐诗里的白玉盘了。皎洁的月光下，那些平日里毫不起眼的小花们化身为无数的月光仙子，在秋夜里折射出朵朵温润、香甜的月光。我偷偷摘下几朵，藏在枕头下，那一夜的梦，便弥漫着一片幽香。

落下的桂花雨当然不能浪费了。奶奶将它们细细地收拾起，拣去枯枝杂叶，晾干以后装进玻璃瓶里。然后，再倒进蜂蜜。小花们在

玻璃瓶里载沉载浮，一阵喧闹之后，渐渐地沉入瓶底，接受了它们成为桂花蜜的命运。之后的某一天，家里来了客人，奶奶会打开瓶子，用小勺挑出一点，放在玻璃杯里，冲上温水，递到客人的手里。而我们，也会顺便得到一杯。泡在蜜汁里的小花，咬在嘴里，脆而甜，一朵一朵，绽放于唇齿之间——从小时起，我便沉醉于这般细微而隐秘的快乐。

今年清明，回老家给爷爷奶奶扫墓。扫墓归来，在一派明媚的春光里，走回城东路的老屋。那棵桂花树还静静地立在那里，快要四十年的时间过去了，树干依然只有碗口粗细。也许对一棵树来说，成长也是一件需要很用力的事。突然就想起了《项脊轩志》里的那棵枇杷树："庭有枇杷树，吾妻死之年所手植也，今已亭亭如盖矣。"流年似水，物是人非。我与爷爷奶奶之间，早已不知相隔几生几世了。幸好，我们还可以把思念长成一棵树。

有桂花的记忆总是美好的。曾经在桂花飘香的时节，在西湖边闲逛。在长长的苏堤上漫步，在夕阳的余晖里听南屏晚钟、看雷峰夕照。重湖叠巘清嘉、三秋桂子、十里荷花，人间天堂，自古繁华。

也曾在一个秋天，邂逅了南京的满城桂香。我们在桂花的幽香里穿过南京师大美丽的随园校区，心情也仿佛洒满了金色的阳光。

一个午后，我来到鸡鸣寺。按照朱自清先生的说法，艳阳高照的正午，其实并不适合去鸡鸣寺。"我劝你上鸡鸣寺，最好选一个微雨天或者月夜，在朦胧里，才酝酿着那一缕幽幽的古味。你坐在一排明窗的豁蒙楼上，吃一碗茶，看前面蜿蜒着的台城，台城外明净荒凉的玄武湖就像大涤子的画。豁蒙楼一排窗子安排得最有心思，让你看的一点不多一点不少……假如你记得一些金陵怀古的诗词，趁这时候暗诵几回，也可印证印证，也许更能领略作者当年的情思。"

秋天温淡的阳光洒在一片片金黄的桂花上，散发出阵阵甜香。我坐在豁蒙楼的明窗前，听风吹树梢、梵音袅袅，心里一派宁定。台城外的玄武湖烟波浩渺，所有的人事兴亡，于它，都不过是过眼云烟。

又一个傍晚，小蔚同学来到了秋天的南京。我们相约在鸡鸣寺见面。下课了，我一路小跑着来到了鸡鸣寺，夕阳落下去了，多年不见的老同学再度相逢在暮色里。我们是不是都老了——在彼此的眼里？玄武湖边夜凉如水，我们慢慢走着说着笑着，相约要继续勇敢。然后，在暗香浮动的月夜，挥手作别。

南京师大学习结束的那天，我来到秦淮河边的一个小院。"寂寞秦淮春去尽，曲终空见数峰青"，多少年以后，秦淮河上到处传唱着她的故事。其实也许只有这个名叫李香君的女子自己知道，如果可以，她可能愿意宜室宜家，一点都不想成为传奇。

刚刚过去的这个夏天，福建师大中文系 89 级的同学们来武夷山相聚。在绿水青山之间，重温昔日情谊。也许，长长的一生里，躁动懵懂的青春，总是伴随着最纯、最真、最美又最痛的记忆，怎么说起，又怎么忘记。每一个人，都是一面镜子，我们在彼此的身上，看见过去、现在以及未来的自己。

　　子英从浦城老家带来了桂花蜜，红艳艳的丹桂们盛开在蜜汁深处。它们是从哪一棵树上飘落、又是被哪一阵风吹起？生命有多少未知，就会有多少可能——只要足够相信。所谓勇气，是在我们看清了生活的真相之后，依然热爱生活。

　　此刻，窗外是城里的月光。想起故园的月色，月下的桂花树，淡淡地伫立着。

　　月色里，人与花，淡淡香。

袅袅纤枝淡淡红

我闭上双眼、用一个深呼吸回应了故乡原野秋天的拥抱。

我站在一条窄窄的田埂上，金黄的稻浪向我涌来。阳光洒下来，空气中弥漫着青草、泥土、稻粒、花草的味道——这熟悉的味道，一瞬间，就让我接续了童年的记忆。童年的记忆依旧鲜活，就像刚刚才发生过。此刻包裹着我的气息，与四十多年前并无不同。我想把自己变成一缕清风，挥洒在故乡这光影斑驳的秋色里。

天空是干干净净的蓝，蓝得像一朵开在清晨的喇叭花。白云在稻香之上，白云在天空之下，肆意流浪。

在金色的稻浪尽头，村边、水湄，一簇簇、一丛丛，粉色红色白色的花儿闪闪灼灼开在秋光里，波光花影，分外妖娆——你永远这么美，我的木芙蓉。

木芙蓉是小时候的花，小时候开在秋天的花。

遥远的小时候，秋天收获之后的田野，安静又慵懒。秋天的午后，村庄还在睡着。我挎着一个小篮子，牵着外婆的手，到田里拣稻穗。收割过的稻田里，横七竖八地躺着一垛垛金黄的稻草，镰刀割过的稻茬边，星星点点散落着稻粒。我用一把小扫帚把稻粒们扫在一起，用小手小心翼翼地把它们撮进篮子里。我拣得很快，不一会儿，我的小篮子就装满了。

寒露过后的秋天，黄昏早早降临。当田野里吹来晚风，外婆牵着

我的手回家了。我们俩走在弯弯曲曲的小路上，路边的柿子树上挂着几个小小的柿子，一副酸涩的模样。我吵着要吃，外婆说："乖娃娃，过些天等打了霜，柿子变红了才好吃。"家门口，有一条清亮的小溪，溪岸上几树木芙蓉花开似锦，我被这美丽深深吸引，开心地奔过去，把它们一朵一朵摘下来，把花瓣揉碎了，任流水带它们去远方。

回到家，我把稻穗拿去喂鸡喂鸭。外婆用一个小锅煮面条。青菜煮的面，我的碗里会卧着一个蛋，她的碗里没有。有时，她给我加一点猪油和酱油，那一点香，是童年味蕾中最深长的记忆。

乡村的夜又静又长，偶尔地，有几声犬吠传来。月未圆，满天是柔美的星光。一盏孤灯之下，外婆轻声读童谣给我听：

秋天多秋虫/鸣声都不同/有的在墙角/有的在林中/蟋蟀的声音/唧唧居唧唧居/好像银笛吹小曲/纺织娘声音大/梭拉拉梭拉拉/好像布厂里纺面纱/金铃子声音清/丁令令丁令令/好像学校里

摇小铃/唧唧唧铃铃铃/秋虫的叫声多么好听，多么好听。

那一刻，窗外的秋虫正呢哝。有时，她教我唱歌：

> 同学们，大家起来，担负起天下的兴亡！听吧，满耳是大众的嗟伤！看吧，一年年国土的沦丧！我们不愿做奴隶而青云直上！……我们今天是桃李芬芳，明天是社会的栋梁。快拿出力量，担负起天下的兴亡！

或者是"怎能忘记旧日朋友，心中能不怀想，旧日朋友岂能相忘，友谊地久天长"——有时她高兴起来，会说："如果有一架钢琴就好了！""外婆，什么是钢琴？"我不解地问。

很多年以后，某一个月夜，当我坐在烟台山斑驳的石阶上，与小伙伴追忆起小时候，才发现那些秋天、那些稻香、那些花儿、那些月夜、外婆在黑夜里温柔的眼神、破旧乡村的小屋里传出的童谣与歌声——所有的一切，是你生命中的光、血脉的密码、隐隐约约的伏笔，指向你的来路与去处。能这样记住一个人、一件事、一个场景，其实是幸福的，表明内心深处仍有很多值得珍视的东西。

当另一个清晨来临，我去采新开的芙蓉。淡淡秋光里的芙蓉，袅袅婷婷，满树芳华。我把新开的花朵摘下，在它们渐渐转成深红之前。外婆在小溪里把花们洗干净，嘱咐我去看看鸡窝里有没有母鸡们新下的蛋，我兴高采烈地钻进鸡窝，拣回两个温热的鸡蛋——中午我们可以吃到芙蓉花炒蛋了。

因为吃过这爽滑的芙蓉花炒蛋，长大以后，读到王维的"木末芙蓉花，山中发红萼。涧户寂无人，纷纷开且落"，就特别觉得芙蓉花实在是能屈能伸大气的花。开在枝头，就美到不可方物。做成羹汤，亦无怨无悔。长在寂静无人的山涧，那也无妨，明月呀明月，你来或不来，我都开在这里。

几年前的夏天，我们一家来到成都，看望外婆，一百岁的外婆。

蓉城的芙蓉果然不负盛名，花开如锦绣，随处摇曳生姿。一场雨后，我指着浣花溪边带着露水、沉甸甸艳丽着的芙蓉花，告诉子由："子由，这就是你读过的诗句啊，'晓看红湿处，花重锦官城'，你看这成都够湿漉漉的这芙蓉花够沉甸甸的吧？一千多年前杜甫看到的成都就有这么美了。"

我们来到外婆面前，我握住她枯瘦的手——这双无数次抚摸过我、教过我写字绣花劳作的手。她的眼里放出光，对舅妈说你不要告诉我他们是谁我一定要自己认出来。亲爱的外婆，可不可以不那么倔强、允许一百岁的自己不认得一个久别的亲人？请允许自己不坚强，虽然这一生我从未见过你不坚强。

是的，你一定会认出我的，我确信你我之间有着一种神奇的密语。你搂住我、握着我的手，摩挲着，一如从前。"我要回去了。"你说。

半年以后，你真的回去了。我对子由说老外婆去了另一个世界，去找她的爸爸妈妈去了。

今天，我在故乡武夷山的秋天、一棵盛开的芙蓉花下怀念，这一树可爱的深红浅红。当四野的风吹起，我想起亲爱的外婆，想起她遥远的故乡蓉城。

赵雷那一首《成都》低回惆怅的旋律适合在此刻响起：

让我掉下眼泪的不止昨夜的酒/让我依依不舍的不止你的温柔/余路还要走多久你攥着我的手/让我感到为难的是挣扎的自由/分别总是在九月回忆是思念的酒/深秋嫩绿的垂柳亲吻着我额头/在那座阴雨的小城里我从未忘记你/成都带不走的只有你/和我在成都的街头走一走/直到所有的灯都熄灭了也不停留/你会挽

着我的衣袖我会把手揣进裤兜/走到玉林路的尽头坐在小酒馆的门口……

没有了外婆的成都，终是回不去的成都了。

好在记忆的深处，开满了美丽的木芙蓉。

150

爱如水仙

厦门也是有冬天的。最冷的日子里，在街巷的拐角处，卖水仙的小贩随处可见。大而扁的竹筐里，整整齐齐叠放着一茬茬水仙。三块钱买一把，就像买一把小葱。清水养在玻璃杯里，不出半日，就开出一束粉绿深白了。

在我小时候，过年时，奶奶会提前养好一盆水仙。雕刻过的水仙，安住在绿色的浅碟里，盖着一层棉花的薄被，边上睡着几颗小石子。奶奶每天给它晒日光浴，往碟子里注温水，目的只有一个：希望能在除夕，不早一天也不晚一天，开出花来。守岁的夜晚，奶奶把水仙供在案桌上，一炷香和着一缕花魂，敬献给年、给祖先，倒也是应景得很。

奶奶是一个爱花爱美的人，她喜欢的花，我也一直喜欢着。每一年冬天，我都会养一盆水仙。我从不雕刻花球，喜欢养大蒜一般养着水仙，我喜欢它们开出花时那种粗服乱头不掩国色的模样。

昨夜，我在氤氲着水仙香氛的空气里沉沉睡去。睡梦中居然遇见了你——依稀几十年前的模样，温婉亲切，微笑着，远远看着我。早已是生死两茫茫，但依然不思量、自难忘——亲爱的陈老师，我说过的，总有一天，我们师生会有一场纸笔上的重逢，我会在尘世，追忆、缅怀曾经的过往。

该从哪里开始呢？

　　从1990年吧，我十八岁那年，遭遇的那场飞来横祸。那年暑假，和中学的两位好友结伴到山中游玩，回家的路上被歹徒挟持。我们拼死反抗，最后只有一个人活了下来。那个九死一生活下来的人，就是我。

　　经历了两次大的手术，三个多月以后，我回到了学校。除了一张完整的脸，到处伤痕累累。不知有没有人感觉诧异，就是我依然总是笑着，顽强地奔跑在操场上。难道应该日日以泪洗面吗？当然不，不是说"那些杀不死我们的，终将让我们更强大"？没有谁生而有力，十八岁的我一点一点地明白：所有艰难的路，你可能注定要一个人走。一个人的脆弱和坚强可能都超乎想象。

　　古典文学已经上到了唐宋。讲台上来了一位女老师，长着一张白里透红的圆脸，一头短发，笑意盈盈。你用温柔婉转的声调，吟诵"春花秋月何时了，往事知多少？小楼一夜又东风，故国不堪回首月明中"。我被深深吸引并沉醉。你读着"繁华事散逐香尘，流水无情草自春。日暮东风怨啼鸟，落花犹似坠楼人"。我在感念落花犹似坠楼人，什么事怎样的情要如此惊心动魄呢？讲唐传奇《霍小玉传》的时候，课后我找了书来看，读到故事的结局小玉对李益说的话："我为女子，薄命如斯。君是丈夫，负心若此。韶颜稚齿，饮恨而终。慈母在堂，不能供养……"我的眼里闪着泪光。

　　必须承认，年少时，我一直是非常痴愚的女孩，直到真正认识文字。文字令我陷于深情的迷幻。算是一种爱的启蒙，在那些美丽的词句里。一点点破碎着，一点点完美着；一点点放逐着，一点点治愈着——一场自我追逐的游戏。心里的花开了、谢了；谢了、又开了，无人知晓。无人知晓也好，最寂寞的芬芳，最销魂蚀骨。

　　我躲在文字里疗伤。

　　有一天下课前，你突然问："谁是悬冰？悬冰同学请留下来一下，我想认识你。"

我站在 203 教室外面静静地等你，你握住我的手，细细打量着我："你就是那个传说中勇敢的女孩？真是个好姑娘！"

从那以后，我常常跟着你回花圃新村的家里。享受和你的宝贝毛头一样的待遇，香浓的排骨汤泡线面，香喷喷的，我和毛头一人一碗。

然后，我可以随意翻看书架上的书，喜欢的还可以借走。记得一个冬天的下午，阳光也如今日这般温淡，我坐在阳台上，看你刻水仙花。阳光里的你散发着淡淡的辉光。你说刻过的花有刻过的样子，也是美的。我学着，也刻了一个。你让我带回宿舍去养，那一个冬天，宿舍里弥漫了水仙淡淡的香气。

不知不觉，到了毕业。毕业前夕，我去与你道别。你送了我一本《唐诗鉴赏辞典》，一本《宋词鉴赏辞典》，还有一本《稼轩集》，嘱咐我多多珍重。我们就此别过。

1999 年，我回到师大读书，有一天和同学们相约文科楼大榕树下。他们调侃着我，我却把玩笑当了真，在榕树下哭了起来。小伙伴们不知所措，你恰好从文科楼出来，我扑进你怀里，热泪长流。你默默抚摸着我，轻轻拍打我的背，让我慢慢静下来。你带着我慢慢走着，路过那条住着很多盲人的小巷。盲人探路的竹竿敲打在路面上，发出"笃笃"的响声。我沉默着，与你相顾一笑，我懂得你想告诉我什么。人的一生里，大约只有难得的极少的几个人吧，你愿意在他们面前袒露伤口。谁不都一样，在生命里修行，把百炼钢化作绕指柔。

你来给我们上古典文学选读，那样巧，你又做了我的硕士论文导师。有一天我去你们家，毛头正在苦思冥想，写他的研究性学习的作业："姐姐，为什么语文这么不好玩呀？"我大笑，对呀，语文如何变得好玩呢？于是我决定了论文的题目——《让语文课堂充满美感和生机——论语文教学的审美转变》，你说很好。

那年春节，你给我写了一封信：

悬冰：

　　你说你得了三十岁恐惧症，其实大可不必。不要浪费你的才华，只管往前走。你是一个美丽、善良、勇敢的好姑娘，你的生命里注定会有很多珍爱你的人。一定会的，你要相信。

又过了很多年，我的生命里迎来了小子由。我给你写了一封信细细倾诉一路的艰辛。你马上给我写了一封信：

亲爱的孩子：

　　读你的信，我只想流泪，你真是一个多灾多难的人。好在一切都过去了。子由（这可是苏家老二啊）的到来，足以弥补你过去为他而受的种种痛苦。上天终于没有辜负你，送给你这一个可爱的宁馨儿。我也要举手额庆，感谢苍天了。孩子长大后，一定会记得你为他所做的一切。那么今日的痛苦，又算得了什么呢？……你身体一向虚弱，要注意休息。来日方长，不要着急，为了孩子，也应该好好爱惜自己……如到福州，把宝宝带来。

生活一地鸡毛，忙碌而琐碎。我竟没有带宝宝去福州看过你。2012 年，辗转几人之手，我收到你的一封信。你告诉我身体有些小疾，还有就是希望我能帮助一个长期在乡村中学教书的学生发一篇文章。你总是如此，不会锦上添花，唯愿雪中送炭。我赶紧回了你一封信。

悬冰：

　　读到你的信，真的很高兴。我知道你一定会给我回信的，但我也对这个地址有些疑虑，因为这几年各种学校不断地整合、升级、拆迁以及改名等等，原来的校名、校址都对不上号了。

好在你人缘好，也好在我们有缘分，总算让你收到信了。

我先看了你写的那些文字，笔下的子由果然聪颖可爱，写鱼那篇，真把这个小精灵的声口、神情写得如在纸上。看他的相片，应该就是你文中所形容的"温柔甜蜜"。子由很像你，面目清秀，身材也瘦小，我倒希望他将来壮硕一些。辛弃疾身体壮硕，目光如虎，照样可以写出"色貌如花"的词来，子由也可以是个身材魁梧的才子啊！

你的文字依然很美，有岩韵（还记得我们曾经说过用这个作名字很好，你说已经有个亲戚用了吗）茶香，最重要的是你还保有这样的心情，真好！

我先替我的学生谢谢你。

还记得你的模样，总是笑着。但愿你笑口常开。孩子的事情也要他爸爸帮忙，不然你太累了。

我还好，年纪大了，有些小毛病，也是正常的，请放心。还没当婆婆呢，何来奶奶？毛头今年厦大硕士毕业，立业以后再说吧，这事由得我们吗？

是的，你我之间，有难得的缘分。

最后一次去探望病中的你，离别之际，你执意送我到楼下。没有说话，两个人眼中都饱含热泪。你紧紧握我的手，我明白这一握里的千言万语。唯有紧握了，我们响应着这一握里传递的不舍、温暖和力量。

2016年的初夏，你离开的时候，我想，这个世界上，又少了一个像妈妈一样爱我的人了。但是，我会牵挂和记忆着，你在我的牵挂和记忆里，不曾远离。

　　去福州开会，老同学相约小聚。傍晚时分，来到母校。他们在电话里让我走到老生物系的门口去和他们碰头。暮色里，我站在学生街尽头的天桥上，我突然想不起他们说的老生物系在哪里了。我的青春在和我对视，在闪闪烁烁的霓虹和熙熙攘攘的人潮里，它一脸不屑地看着我、不肯与我相认。我深深呼吸，流下了泪水，像一个迷路的孩子，在陌生的天桥上哭泣。

　　人的一生中，很多的经历都是如此。狂奔在往前活的路上，回首镜花水月，有时常常怀疑有些场景是否真实地存在过。时间的河里，许多东西被忘记，但也有许多被记取。

　　幸好还有这一场场温柔的花事，年年岁岁，岁岁年年，为生活提供一些确凿有形的东西，用来唤醒、相遇、回忆、期许。

　　此刻，多想来一杯名为水仙的茶，在一簇簇金盏银盘的水仙花的香气里。百年老枞的风骨，正可抚慰数十年的岁月沧桑。这琥珀色的茶汤，让人见山见水见人生见自己，柔软的心可以和一切讲和。如此，一切风霜雪雨，都不过是一场云淡风轻了。

　　还记得吗，有一次，你说起孔子和学生讨论理想的事。孔子问子路、曾皙、冉有、公西华等人的志向。曾皙一边听着同窗慷慨激昂的陈词，一边悠闲地鼓瑟。孔子问他："你的理想是什么呢？"曾皙从容不迫地回答道："我希望在暮春季节，穿着宽松轻柔的春装，和朋友们一起，在沂水中沐浴，在祭坛乘凉，然后唱着歌，悠悠然走回家去。"孔子听了，感叹道："好啊，我也赞成这样的理想！"——你也一定赞成这样的理想吧。愿你能在风和日丽之中、平原旷野之上，依然被学生们环绕着，师生之间，弦歌不绝，琴瑟相和——在另一度时空、另一个诗的国度。

忘忧草

我在秋天的山路上，邂逅了一片片金色的萱草。

闽北小城的秋天，山、树、茶园、小溪，都晕染上了一层淡淡的辉光。不似夏天的喧闹，是秋的味道，天地之间，见到一种端然的气象了。

草木们青碧依旧，但是，有许多金黄跃动在层层的青碧里。那金黄，我认出它们，是萱草。

又是半生，转一趟回来，我又重见你，如见故人。

你依然朱颜未改，而我却已老去。

我是一个多么贪婪的人，对少年竟有着如此与生俱来的念念不忘。读高中时，秋天，我会和最好的朋友一起到这些小山坡上采萱草。

她有一个好听的名字叫莹。我们手牵着手，穿过半山上一个破败的石门，然后手脚并用地爬上那座红色砂岩的崖壁。

崖壁上开满了金黄的萱草，我们开心地采了又采，直到满怀。

萱草是明亮的金黄，像极了金色的百合。抱在怀里，香气令人微醺。

我们坐下，对着秋天快要落下的夕阳。

"萱草还有一个名字，叫忘忧草，你知道吗？"

莹说她很不快乐，她从书包里掏出一封信，写给我的信："如果忧愁这么容易就可以忘记那就好了！我还是读给你听吧。"

> 我真羡慕人家家里那种和睦的气氛，我同家里人没有什么话说，说话也多半是挨骂。也许是我自己不好，也许是他们不好，我说不清。他们不大接受我，我也不大容纳他们。
>
> 于是万分无聊之中，又添了几缕无奈与郁闷。
>
> 我讨厌死了，真想回学校。我做了好几回梦了，梦见宿舍、梦见你，梦中我很开心。
>
> 得不到的东西总是好的，在宿舍我也会想家，不过不经常，不如在家想宿舍那么强烈。

我轻轻抚摸一下她的手，表示一点点安慰。

她掏出一本舒婷的诗集，我们一起读，读到《神女峰》"与其在悬崖上展览千年，不如在爱人的肩头痛哭一夜"的时候，真是又凄凉又惊心。心，真的能变成石头吗？

我们给每一座山、每一条谷取了一个温暖的名字："我要叫那里桃花谷，因为春天的时候，就开满了桃花。"

"那这里就该叫'翠微崖'了，'翠微'两个字真美，好像都可以嚼一嚼吃下去呢。"

那时，我们根本不知道有一个诗人叫海子，他也说要"给每一条河每一座山取一个温暖的名字，陌生人，我也为你祝福"。

夕阳西下，我们抱着一捧萱草下山。路上，我胡诌一首即景的小诗《山间夕照》：

> 闲云伴青山，夕阳斜照晚。
> 依依野村卧，袅袅紫烟升。

她立刻和一首给我：

> 山笛幽且远，牧童嬉笑回。
> 稳稳归牛步，款款鸟入林。

那个年代已经远远地离去了。

没有人拥有回程的车票。

如果，当下，我们在疲惫生活中依然拥有一点点英雄梦想，那是因为，我们都是有故乡的人——那个故乡叫"八十年代"。

又一次邂逅很多很多萱草是在台湾。也是深秋时节，苏花公路上，一侧是烟波浩渺的大海，一侧是怪石嶙峋的危崖。

就这样相遇了，漫山遍野的萱草花。金黄金黄的，在蓝天白云之间雀跃。

159

我的心也雀跃着，飞越了万水千山。

它们明明是我年少时的那些萱草。它们又明明不是我年少时的那些萱草。

有时，我回到故乡的小城，骑着一辆单车四处闲逛。白衣、黑裙，一顶浅蓝色的帽子。内心深处，怀着破帽遮颜过闹市的快意。

穿过一条条小巷、在古老的廊桥上吹风，在集市里买几把碧绿的蔬菜，在桥洞下看一个女子娴熟地包清明粿，听一群老人在古老的香樟树下聊天。我骑着车从政府前面的那个斜坡冲下去，风吹起了我的长发和裙子……

突然就要流泪了。我必须感恩，感恩生活予我柔软的心、依然会流泪的心。

其实，其实纵然是白了少年头，尘满面、鬓如霜，我依然可以不改变，宛如当初的那个少年。

过尽千帆，阅尽人事，才知，一定还会有一点点什么，在灯火阑珊处，等了又等。

在朋友圈里读到一位苏联诗人关于"人"的小诗：

凡人皆有其趣，人之命运犹如星辰秘史。凡人皆有特点，恰如星斗各各相异。

一个人若悄然生活于世，不为人知。且于悄然中交友，那悄然也饶有乐趣。

凡人皆有自己的世界，这世界美好的瞬间、悲惨的瞬间，皆为他自己的瞬间。

是的，"美好的瞬间、悲惨的瞬间，皆为他自己的瞬间"。

虎 耳 草

五月，茶季，当我行走在故乡的山野，我邂逅了整整一个春天。

我背着采茶的竹篮，路过一条开满金色雏菊的小溪，沿着茶园里的小径、穿过大片斑驳着苔藓和地衣的茶枞，走向大山深处。

又一次，我遇见了那些熟悉的小白花、那些圆圆的绿叶子。在那些漶漫的石阶旁、茶树下、崖壁间、落花里——那些久违了的小草，我在心里轻轻唤了一声："好久不见，虎耳草！"

我蹲下身子，轻轻拔出一棵虎耳草，捏在掌心，那些小白花就开在我的掌心了。每一朵都这样好看，商量好了似的，清一色地开出五个花瓣。然后，依旧是商量好了似的，让其中的两瓣开得大些，这样，整朵花顿时就生动了起来。

阳光洒下斑驳的光影，我坐在一棵油桐的缤纷落英里。近处是青翠的茶园，远处，山脚下的村庄，鸡声人语，亦尽在翠微之中。

我默默呼吸着这春天温热的气息，在草木之间落泪了。我知道故乡的一草一木，它们都曾经深深改变过我，而我总是不自知。

比如虎耳草，便是我小时候最熟悉不过的小草了。在我小时候，城东路老屋的水井边有一个小山坡，山坡上长满了各种野花野草。祖母很喜欢采集各种花草做药，她教我一一辨识院子里坡地上的各种花草。我跟着她认识了凤尾蕨、金鸡脚、鱼腥草、水辣蓼、积雪草、犁头草、紫花地丁等等，当然还有虎耳草。

祖母手里捏着一片虎耳草的圆叶子让我仔细看："你看，是不是真的很像老虎的耳朵？这个虎耳草治耳朵的毛病是最好的了。"我仔细地看着，发现虎耳草叶子的表面是绿色的，长着一些金色的叶脉，背面是粉红色的，而且，全身布满了细细的绒毛。有一回，我到门前的溪里游泳，耳朵里进了水，疼痛难忍，祖母采来几株虎耳草，在石臼里捣烂，把汁液滴进我的耳朵，果然，过不了几天，耳朵就真的好了。

因为虎耳草治好过我的耳朵，所以在心里就愈发喜欢它们一些。没事的时候，我会把山坡上的虎耳草挖下来，种在瓦钵里。

家里的瓦钵都是祖母买的，盛放食物或者种花。瓦钵上的花纹是最质朴的波浪纹或者草绳纹，与几千年前的半坡人同款。瓦钵是各种花草的绝配，它不自美，从来不抢花的主题。所以模样憨憨的虎耳草，带着粉白粉红的小花开在瓦钵里的时候，也是如小村姑一般清新可爱的。

然后，突然某一天，在一本书里读到了一个小姑娘也去摘虎耳草，那是多么惊喜啊。那本书的名字叫《边城》。

这个在风日里长养起来的女孩翠翠，在湘西一个叫做茶峒的小城，在一条清澈透碧的溪流上，经历着为一种不可知的命运拨弄的悲欢离合。对翠翠来说，虎耳草非常重要，所以翠翠多次去摘过虎耳草：

傩送在碧溪岨对溪高崖上唱歌的那个晚上，翠翠在梦里听到一种顶好听的歌声，又软又缠绵。

"老船夫做事累了，睡了，翠翠哭倦了，也睡了。翠翠不能忘记祖父所说的事情，梦中灵魂为一种美妙歌声浮起来了，仿佛轻轻地各处飘着，上了白塔，下了菜园，到了船上，又复飞蹿过对山的悬崖半腰——去做什么呢？摘虎耳草！白日里拉船时，她仰头望着崖上那些肥大虎耳草已极熟悉。崖壁三五丈高，平时攀折不到手，这时节却可以选顶大的叶子作伞。"这虎耳草是什么呢？该是翠翠懵懂初醒的爱吧。

第二天，翠翠对祖父说起了此事："爷爷，你说唱歌，我昨天就在梦里听到一种顶好听的歌声，又软又缠绵，我像跟了这声音各处飞，飞到对溪悬崖半腰，摘了一大把虎耳草，得到了虎耳草，我可不知道把这个东西交给谁去了。"

这梦中采来不知交给谁的虎耳草，是不是翠翠内心的犹豫和纠结呢？故事快结束的时候，翠翠又在歌声中摘了一把虎耳草。"祖父唱了十个歌，翠翠傍在祖父身边，闭着眼睛听下去，等到祖父不作声时，翠翠自言自语说："我又摘了一把虎耳草了。"其实，自始至终，傩送只为翠翠唱过一次歌，但这歌声留给翠翠的美好体验却是独一无二的，所以当祖父将那晚傩送唱的歌再次唱出来时，翠翠又一次为之心动了。

164

可惜，这一切都只在梦中。当翠翠回到现实，真的去采摘虎耳草回应傩送的时候，却恰恰错过了与傩送的见面。

误解就这样加深了，傩送误以为翠翠故意躲着他，认为自己在崖上唱了一夜歌是做了蠢事。两个人之间的隔阂更深了。

那纯净美丽的虎耳草、那温柔明亮的月光、那把翠翠的灵魂轻轻浮起的缠绵歌声，从此就只能在梦中了。

一场暴雨之后，老船夫死了，渡船被冲走了，崖边古塔倒了，傩送也开始了他杳无归期的异乡之行，"也许永远不回来了，也许明天回来"。命运是这般不可捉摸，"凡事都若偶然的凑巧，结果却又若宿命的必然"，只有翠翠，还在那条清澈透碧的小溪边，痴痴地等待。那溪边高高的崖壁上，依旧长满了一片片青碧的虎耳草。

"冰姐、冰姐，你还在发什么呆呀？赶紧上来！"妹妹们在山顶的茶园喊我了。我回过神来，赶紧摘了一把虎耳草，我想带它们回家。

我穿行在草木的世界里，感到人的微不足道。少女时期便已离乡，

此后每次归来，路过这山、这茶园，闻见那些忽隐忽现的树香茶香，既欢喜又感伤，就有了回家的感觉。仿佛心里又住进了一个小姑娘，心中满满的，都是如佛喜一般的温暖与慰藉。

我种了几棵虎耳草在一个瓦钵里。它们青葱依旧、亭亭依旧，一点都不曾变老，一如我小时候井栏边的虎耳草，抑或翠翠梦中的虎耳草。

它们和小时候之间，只隔了一朵花开的时间；而我和我的小时候之间，却早已隔了半生的距离。我的时光之河，这一头的青丝早已渐成那一头的白发。

一茶一相逢

回到安静的自己

茶，是世界上最朴素的植物。品茶，则是世上最淡泊的美事。

已经不记得自己是在什么时候喝了第一杯茶。但这似乎已不重要，重要的是至今我依然恋茶。

很幸运能出生在武夷山，让我的童年在一片片绿水青山中徜徉。小小的我，与水中的一条鱼、茶树上的一朵小白花、地里的一片紫云英、田埂上一棵弯弯的鼠麴草，甚至远远吹来的一阵风，并没有不同。

更幸运的是，我还出生在一个茶香弥漫的家。煮水、洗杯、放茶、冲泡，然后，祖父、父亲、哥哥和我，坐下，细细地闻，慢慢地品，然后，听大家娓娓细数茶的前世今生。

后来，慢慢长大了。知道品茶其实最需要淡泊的心情。因为茶是有灵性的，我们只有用一颗平淡的心才能解开她生命的密码，感受她带给我们的清欢。

武夷山，山水灵秀，而武夷岩茶是山灵献给人间的一种清供。

山里的茶树，每一片绿叶都呼吸过高山峡谷中的云气，听过虫鸟动听的歌吟。她们看似简单，却又绝不简单。春天来了，她们张开双臂，在雨中沐浴，然后被一双双手采摘。在经历了晒、揉、捻、烤之后，终于，她们静静地躺在杯中了。

　　一股滚烫的水高高地冲下，她们没有惊叫，也没有不平。在那些荒凉的崖壁上，在时序的流转间，她们经历过风霜雪雨，也经历过顶礼膜拜，那又如何？繁华落尽，唯有平淡。痛苦教会了她们隐忍，也让她们看见宿命。

　　于是，她们努力在杯中慢慢绽放。因为她们知道这是她们生命中的重要时刻，在这之前是为这个时刻做准备，而之后的生命，也许就是为了回味这个时刻。

　　她们把云的味道、薄雾的气息、苔藓地衣的滋味，还有桃花和兰花的芬芳，一点一点地，氤氲到空气里。

　　她们将自己的生命交付给有缘品尝的人，渴望被理解，被懂得与珍惜。而此刻，我们能做的，就是怀着一颗感恩和虔敬的心将她们细细品味。

　　茶的一生就这样结束了吗？不，没有。把她们倒进注满清水的白瓷碗中，那三红七绿的叶依然静静地放出润泽的光。而此时，一颗清明洁净的茶心，也经由我们的身体，悄悄渗入我们的灵魂，生生不息地流传下去。

茶就是这样，从一个杯里，让人看到一生。而我们，饮下茶的一生，又何尝不是品着自己的一生？多少时候，一茶一会，你于千万茶之中遇见你的茶，于一盏茶之中遇见日月山川与你自己。

如今的我，日日穿梭于都市喧嚣的人群，行走在钢筋水泥的丛林，很多时候感觉疲惫。在竹树掩映下的小屋中品茗，几乎成了一个遥不可及的梦想。

能做的，只是让自己的每一个清晨从一杯茶开始。这杯带着故园气息的茶汤，能让我一天气定神闲。若是微云小雨的天气，种在客厅的小竹子含翠欲滴，爬满阳台的牵牛花开着紫色的花朵，此时，就是用一个缺了小口的蓝花粗瓷杯泡上些许茶片，饮来，也是格外清甜。

小小的茶桌成一方净土，可以放下一颗安静的心。

苏轼说"从来佳茗似佳人"，好茶如同好的女子，可以在慢慢交流中品出她的妙处，感受她的气息，进而从心底对她生出深深的眷恋。苏东坡确是雅人一个，不但懂茶，更是懂人。

今夜，当我静静地在孤灯下品茗，窗外有温柔的月光，这月光此刻也正静静朗照着故乡的山野。岁月静好，愿世间所有女子都被温柔以待，在生命的旅程里，拥有一段段茶香四溢的美好时光。

当时明月在

想找一个人共饮，然后共醉——醉在一杯琥珀色的茶汤里，在夏日清凉的雨后。

几乎每一个夏天，我都回到故乡的小城，蛰居在这个小小的院落，听几回风、看几次云、嗅几阵花香、做几道菜、翻几页书、冲几回茶，或者，在乡下的豆棚瓜架，望满天星光，看遍地流萤。时光如我所期待的那样，不紧不慢、不短不长。

雨后，寂静的清晨，一群鸟儿在院子的竹林里喧闹，三两朵睡莲静卧在小小的池塘，兰花们不知疲倦地在靠山的角落默默吐露芬芳。

心念一动，想为自己冲一泡老茶，家里的"梅香"就正好。我爬上一个高高的梯子，搬出一个铁罐。取出它，嗅闻干茶，三十多年，它容颜不改，还能清晰地闻到一阵扑鼻的陈香。

烧上水，静待水开。终于，可以冲茶了。第一遍，醒茶的水已呈明亮的橙红，香气平和温婉。我开始期待正式冲泡的第一道茶汤——毕竟，三十多年的正岩老茶是不会经常遇到的。

只能用上"惊艳"二字了，当茶汤被我倾入透明的玻璃公道杯，竟是金黄中透着嫣红的一盏，在晨光中清澈透亮。

入口，茶汤黏稠厚重。含汤在口，满满的花香、蜜香、药香，还有淡淡的梅子香，一股脑儿不由分说地抢占你的每一个味蕾。冷嗅空杯，一股浓浓的蜜桃香与兰香纠缠着再度浮现。

此刻清风徐来，几杯茶汤入口，后背有微汗的感觉。三十多年光阴的沉淀，"梅香"的茶韵茶气的确不同凡响。

瞬间便有了一阵恍惚。

不由得追忆起三十多年前的那些春天，故乡武夷山的茶季和那个在山中采茶的小姑娘。多雨的五月，天地美成了一幅画。绿水青山之间，处处新茶吐绿、鸟语花香、流水潺潺，人间草木，一派天真烂漫。家人们在茶园里忙碌着，漫山遍野是酽酽的茶香。

山在、水在、天地在、茶在、我在、亲人在——世间最美好的幸福、山河岁月里永远的乡愁，当时只道是寻常。

"锦瑟无端五十弦，一弦一柱思华年"，一个人、一杯茶，谁没有过盛世华年？感恩有茶，用心把最美好的岁月凝芳、聚香、封藏，然后逐日逐月逐年地圆满起来，当青涩轮回成琥珀色的瑰丽，也许就不会再有惘然。

不再惘然。沧海月明，蓝田日暖，当时明月，不是犹照今日的草木山川？

年华苦短，不过庄周一梦。且饮"梅香"，莫负美景良辰。

一杯茶与一个暮春

五月，我走进故乡，如走进一幅青绿山水。

正是武夷山的茶季，天地间弥漫着一股茶香。茶芽的清香、制茶焙茶的浓香，随着温煦的春风，在每一个角落涤荡，和我小时候闻到的一模一样。从小时候开始，我一直固执地以为茶香是世界上最好闻的香气。

一个骤雨初歇的清晨，我们走进山北的茶园。

山川大地自有一派沉默的激情，以一种我们看不见的方式。绿色统治着一切，深绿们叮嘱翠绿：快来填补那些我们因为仓促而拉下的节拍吧，春天就该如此恣意——五月的春天，山间竟没有一丝暮气。

沿着山间小路逶迤前行，只见山谷间岚光璀璨，岩色青碧，绿树掩映，苍翠欲流。四周乱石林立，山花点缀，清新宜人。远远的岩腰有一座据说是清光绪年间的庵堂，已半颓损。四下里茶园连片，茶树繁茂，枝干挺拔，叶色浓绿，茗香扑鼻，令人陶然欲醉。

山路上，挑青的工人挑着沉重的担子急行。人们忙碌着，采茶、制茶，应和着自然的节拍，只为一杯好茶。

关于武夷岩茶的品质，民国茶学专家林馥泉曾说："天然环境之优越，与培植之能得法，采制之能合理，三者不能一缺。"

制作岩茶是一系列连续进行超过二十四小时的复杂工序，在采茶季的二十多天里，制茶人必须日日夜夜不得停歇。

　　每天上午，茶青从山场被女工采回，由"带山"挑着扁担运到茶厂，制茶的过程就开始了。

　　自树上采摘开始，茶叶就开始了一系列极其复杂的物理和化学变化，茶叶中所含的酵母，将在萎凋的过程中充分反应，影响成茶的香气和汤色，决定品质的好坏。

175

　　岩茶的做法，既要取红茶的色香又想获得绿茶鲜爽的味感，为了达到这样的效果，要在萎凋时破坏茶青的边缘细胞，让叶缘发酵红变，而叶片的中部则仍然保持相当的水分和色泽，半发酵的说法由此而来。

　　岩茶特殊品质的形成关键在于做青。做青是岩茶初制过程中特有的精巧工序，其特殊的制作方法形成了岩茶色、香、韵及"绿叶红镶边"的优良特质。

　　做青的过程十分讲究，费时长，要求高，操作细致，变化复杂。从"散失水分"、"退青"到"走水"、恢复弹性，时而摇动，时而静放，动静结合，摊青前薄后厚，摇青前轻后重，须灵活掌握。总之，就是通过摇动发热促进青叶变化，又要通过静放散热抑制青叶变化。

　　特别需要注意的是做青还必须根据不同品种和当时的气候、

温度、湿度，采取适当的做法，这就是"看天做青，看青做青"。

茶青移入青间前，均须将茶青摇动数下，然后移入较为密闭、温湿度较稳定的青间。将茶青放置在青架上，静置不动使鲜叶水分慢慢蒸发，继续萎凋。经 1—1.5 小时后，进行第一次室内摇青，摇青次数约十下。用武夷岩茶特有的摇青技术，使萎凋的青叶在水筛内成螺旋形，上下顺序滚转，翻动的叶缘互相碰撞摩擦，使细胞组织受伤，促使多酚类化合物氧化，促进岩茶色、香、味的形成。摇青之后将茶青稍收拢，仍放置在青架上。

第二次摇青时可见叶色变淡，即将四筛茶并为三筛，再进行摇青，同时用双掌合拢轻拍茶青一二十下，使青叶互碰，弥补摇动时互撞力量的不足，促进破坏叶缘细胞（俗称"做手"）。

做手后须轻轻翻动茶青并将其铺成内陷斜坡状（水筛边沿留有两寸空处，不放青叶），在青架上静置 2 小时后，再进行三次"摇青"。摇青、做手的次数及轻重，视青叶萎凋程度适当增加，此时的茶青已呈萎软状态，放置相当时间后，枝茎部分所含水分逐渐扩散，青叶呈膨胀状，富有弹性，这就是所谓的"走水返阳"。

　　整个做青过程须经 6－7 次的摇青和做手，时间约 8－10 小时。最后一次"摇青"和"做手"较为关键，因青叶经数次摇动后，叶缘细胞已完全破坏，随着发酵作用越来越快速，青叶的红变面积逐渐增加，叶内的芳香物质激发出来，青叶由原来的青气转化为清香，叶面清澈，叶脉明亮，叶色黄绿，叶面凸起呈龟背形（俗称"汤匙叶"），红边显现。这说明做青程度已适度，即可将茶青装入大青弧，抖动翻拌数下，然后装入软篓，送至炒青间炒揉。

然后，经过杀青、揉捻、初焙、晾索、复焙，在第二天天亮后，在山间微凉的清晨，毛茶的初制终于完成。

然后，尽管很疲惫，大家还是会迫不及待地为泡上一杯，一番指点江山之后，心满意足地喝下。

当地有一首制茶民谣：

> 人说粮如银，我道茶似金。
> 武夷岩茶兴，全靠制茶经。
> 一采二倒青，三摇四围水。
> 五炒六揉金，七烘八捡梗，
> 九复十筛分，道道工夫精。
> 人说粮如银，我道茶似金。
> 武夷岩茶兴，全靠制茶人。

是的，岩茶的品质，全靠制茶人。制茶的劳作里，亦艰辛亦满足。千百年来，田陌上，歌声依旧。年年岁岁，岁岁年年，人们在这土地上劳作不息。

"民生在勤，勤则不匮"——从小，我的父辈们就这样教育我。世间的一切幸福都靠劳动创造，我自己的幸福也靠自己创造。所以，劳动光荣、劳动最美。

每一个为生活努力付出的人都值得尊敬。

我在故乡的山间和农妇们一起采茶——成为农妇竟然是我后半生的人生理想，心内不禁莞尔。

"人充满劳绩，但依然诗意地栖息在大地上。"是的，当下与远方、生活与诗意，都是生命的必需。一杯茶里，其实什么都有。某一天，当你与一杯茶相遇，你遇见的是某个春天里的茶与天、地、人的交集——一段可遇不可求的遇见。

眉眼盈盈处

春天，你真的不可以，走得这样着急。几缕暖风，几场花事，几点细雨——太匆匆，仿佛一段还来不及开始就要结束的爱情。

清明节回乡扫墓，趁着春光尚好，四姑带我前往山间访茶。故乡山水的美妙，在于它有一种神奇的特质，就是无论你走过多少遍，每一遍于你都还是新的。

一道道涓涓细流、一座座青翠的小丘，有一些淡紫的桐花静默在远远的山冈，清明时节的春光带着一丝淡淡的忧愁。

我们在这淡淡的忧愁里走向山水深处。王观有一首《卜算子·送鲍浩然之浙东》正是眼前心境的写照：

> 水是眼波横，山是眉峰聚。欲问行人去那边，眉眼盈盈处。
> 才始送春归，又送君归去。若到江南赶上春，千万和春住。

春天的山水如明媚的美人：水像流动的眼波，山如蹙起的眉毛。想问行人去哪里？要到那山水交汇的所在。刚送走了春天，又要送你回去。假如你到江南，还能赶上春天的话，千万要把春天留住呀。

谁都想要留住春天，可是更能消几番风雨、匆匆春又归去。春天留不住，但我们可以留住惜春的心。故乡山野的四月，天地美成一幅迷离的画。春天的笔随意勾画，落笔处，莺歌燕舞、春花烂漫。章堂涧如一条玉带，蜿蜒在山间。我们沿涧逶迤前行。小桥、茶树、芦苇、杜鹃、小山，春天把最美的身姿投影在涧中，偶尔有一群小鱼游过那些倒影，那水中的画就轻轻摇晃、迷离起来，成了另一幅画。

走过鹰嘴岩和慧苑坑，在几棵大树下，有一座窄窄的小石桥横跨涧间。小心翼翼地走过小桥，沿着一条崎岖的山路，穿过一大片高大的野生茶丛，我们来到了鬼洞。

其实，对外地人来说，鬼洞这个名字的确有几分惊悚。但本地土著对此却不以为意。其实，鬼洞并不是我们通常理解的"洞"，它是一条幽邃的峡谷，位于倒水坑、火焰峰、慧苑坑和鹰嘴岩之间。这里人迹罕至，峭壁耸立，无论白天黑夜气温都比别处低，遇到气候变化的时节，阴风怒号，风过处阴森恐怖，所以山民取名曰鬼洞。

但是，眼前只见四月明媚的鬼洞：踩踏着绵软的铺满腐殖质的砂土，沿着一条漫漫不清的山径，我们走近鬼洞的春天。一条清澈的小溪沿着峡谷潺潺流过，小溪的两侧密密麻麻开满了野花野草，多肉、藤蔓、辣蓼、百合、苔藓、金钱草、虎耳草……是的，虎耳草，《边城》里的翠翠梦里爬到山崖上去采摘的虎耳草——正擎着一支支

180

粉色的小花，默默绽放在山野的角落里。

数不清的茶丛，静默在依山而建的茶园里。早生的品种，已经吐出嫩绿或者紫红，其他的茶们，静默着，蓄积着足以蓬勃一整个暮春的力量。春天的阳光照在峡谷两侧的岩壁上，有细细的岩溜自崖顶漫溗下来。暗红色的岩石在水的滋润下闪出润泽的光，淡淡的。岩壁上亦长满了野花，我看到一串串小粉花，铃铛一般，挂在壁上，阳光透过花瓣，小花们朵朵晶莹剔透，我认出它们，奶奶曾经告诉过我的，它们也是莲花、石头里开出的莲花。

我惊诧于鬼洞的美——站在内鬼洞和外鬼洞的交会处，那个由树木、藤蔓、野花交织成的洞口。我被一股神奇的力量吸引，不由自主地向前。那神秘的力量是什么，我不懂，但它让我紧张、忐忑又欢喜。

那么多的茶树，在这个山坳里，聚成了一个巨大的心形。还有那么多的绿——林木的翠绿、茶芽的嫩绿、深深浅浅，高高低低。有几棵正在盛放的红花檵木白花檵木夹杂在那些绿色里，那些绿色就愈发生动起来。

我看到了一层浮动的绿光，或者说是我感知到了那绿光。自土地上蒸腾起，浮在那些远远的草尖上、花瓣上、茶芽上，在淡淡的阳光里徘徊不定。而我，也仿佛变成一棵树，沐浴在这淡淡的绿光里。

突然，莫名地飘起了几滴雨。想起二十多年前来鬼洞，和父亲一起陪一个摄制组来的。我为他们向导，在山间蹦跳。那个据说为很多地理杂志拍过片子的编导微笑着对大家说："都不说话了。我们会吵醒一些东西的。"是的，今天才明白，其实，鬼洞之洞，更像是道家所谓的"洞天"呢。武夷山被道家认为是三十六洞天之第十六洞天，福地洞天也许真是现实世界通往未知的神秘出口。

也许，谁知道呢。

从原路折回头，在一处盆栽式的茶园里，见到传说中的白鸡冠

母本。

　　相传白鸡冠早于大红袍，明代已有。当时有一知府携眷往武夷，下榻武夷宫，其子忽染恶疾，腹胀如牛，医药无效，官忧之。其后有一寺僧端一小杯茗，啜之特佳，遂将所余授病子，问其名，则为白鸡冠也。后知府离山赴任，中途子病愈，乃悟为茶之功，于是奏于帝，并商其僧索少许献于帝，帝尝之大悦，赦寺僧守株，年赐银百两粟四十石，每年封制以进，遂充御茶，至清亦然。后民国继起，清帝逊位，白鸡冠亦渐枯槁，好事者咸谓尽节以终。其后又从旁发芽生枝，现存者传系其后代。

　　眼前的老树，树顶已萌芽，幼叶初展，薄软如绸，色泽浅绿微黄，与树上浓绿的老叶形成鲜明的两色，如一群小鸡雏在春风里雀跃。

　　离开鬼洞，回到家中，心内惴惴。对呀，今日探访鬼洞，终须一杯鬼洞的茶来完结才圆满。

　　请出一泡鬼洞铁罗汉，静静地等水开。当一股沸腾的水冲下去，花香、果香、奶油香，那些花花草草苔藓地衣们，也许还有山鬼姑娘唱过的歌——大自然给它的一切，它全部还了回来，给珍惜并懂得它的你。我静静地看着那袅袅的茶烟，遂想起那山谷间春天眉眼盈盈处游离的绿光，是的，它们来到了这一杯茶汤里。饮下这杯，就如同饮下了千岩万壑里的岩骨花香了。

当然，也如饮下时光与岁月——胸中纵然有千岩万壑，生活依旧静水深流。

披一件云的衣裳

终于，我们来到了大红袍的家——九龙窠。

"窠"是个很有意思的字，在我们山区，有很多带这个字的地名。《说文解字》中说："鸟在木上曰巢，在穴曰窠。"所以，从本义上说，"巢"与"窠"都是指鸟窝，但"巢"在树上，"窠"在洞中。后来，我们就用"窠"来指代昆虫、鸟兽的巢穴了。想想，一峰一石，灵动秀美，在山间围出一个个竹树蒙茸云烟袅袅的"窠"——"九龙窠"、"竹窠"、"燕子窠"，哪一处不是茶树们最美的家园？

一如既往的幽邃。九座石骨嶙峋的岩峰，盘绕在峡谷两旁。品种不同、形态各异的茶树，夹杂着各种野花香草，<u>丛丛簇簇</u>，把所有的岩壑装扮起来，山风过处，送来淡淡的幽香。

明人张于垒的《武夷杂记》里有这样一段：

> 山皆纯石，不宜禾黍；遇有寸肤，则种茶。村落上下，隐见无间，从高望之，如点绿苔；冷风所至，嫩香扑鼻，不独足供饮啖，为山灵一种清供也。

　　岩岩有茶，非岩不茶。山水滋润了茶，茶亦点缀了山光水色。山、水、茶共同成就了武夷之美。

　　还有水，无处不在的水，点点滴滴，哺育着这些无处不在的仙山灵芽。一脉涓涓细流在茶丛间流过，所到之处，翠色欲滴。山崖上有细细的岩溜滴落，嘀嗒作响。当微风吹过，水滴飘在空中，在阳光里折射出一道道彩虹。而茶树们，静默在美丽的彩虹里。

　　这样的美景会激发我的想象，想象着某一个月夜，来到这些山谷。会不会也有美丽的山鬼姑娘，坐在山崖上歌唱？身披薜荔、腰束女萝、眼波流转、笑靥生辉，"乘赤豹兮从文狸，辛夷车兮结桂旗"——在这无人的幽寂山谷，等待她的所爱。她在山谷、树梢、茶丛间徘徊，所到之处，遍地流芳，香气四溢。当然，这也许只是我一个人的想象。事实上，武夷山关于茶的传说似乎都非常朴实，朴实到甚至没有出现过一个女性，更何况如山鬼姑娘这般清新鲜翠的女子，不知何故。

终于，我们一睹大红袍的芳容，在九龙窠深处的一个砌在峭壁上的小石座里。

相信许多人是失望的，那情形犹如狂热的粉丝，终于见到了素颜的偶像。

按《武夷山历代茶名考》的记载，大红袍这一名丛，始见于清代，早年属于天心永乐禅寺所有。关于它的传说很多，最广为人知的版本就是从前有个秀才在进京赶考的路上病倒在天心庙，寺里的和尚采摘了这棵茶树的叶子熬成汁为秀才医治，再后来，秀才考取了状元衣锦还乡，为了答谢茶树的救命之恩，将状元红袍为茶树披挂上。

关于她名字的来历，当然也有其他的说法。早年请教过我爷爷，他说大红袍应该得名于这几棵茶树的幼芽——早春时节，叶芽勃发之际，满树艳红，犹如披着一袭红衣。

茶树的年龄是有限的，作为一棵茶树，大红袍已经很老很老了。这几棵茶，每年的产量不足一斤，只有很少的人有缘能品尝到。

比如我。

那是很久很久以前，我爷爷还在的时候，那时的大红袍还没现在这么出名。有一年，过年的时候，爷爷一高兴，很隆重地请出茶来，给一家人泡了一泡。当时啥也不懂，只感觉很香，爷爷却摇摇头，说了一句："太老啦，似乎不如北斗。"我知道，北斗是另一个名丛的名字。

前些年，老爸曾经带回母树大红袍的茶渣，宝贝似的泡给我们欣赏。虽然是茶渣，但还是感觉从颜色到气息都很鲜活。

想想，论年纪，大红袍该是百岁的老太太了，有几个百岁老太还能保有小姑娘的那份鲜活与灵动？念及此，我不禁对眼前的这盏茶渣肃然起敬起来。

每次来九龙窠，我会在半山的那座竹亭里小憩，呆呆的，什么也不想。半壁上的那几棵茶，似乎也如我，呆呆的。

想起很久很久以前，我曾经把自己想象成她，为她写过独白，不知称她意否？

子非茶，安知茶之乐与不乐？一笑。

当我还是一粒种子，大山对我敞开她温柔的怀抱。在那些崎岖的岩壁和石隙间，我无忧无虑，喝着山泉的乳汁，闻着野花的气息，每天和白云姐姐追逐打闹，而在山崖的那边，阳光正脉脉地注视着我们，而后悄然离去。

后来，人们惊我为神品，说什么"臻山川灵气之所钟，品具岩骨花香之韵"，其实，我只是山中平凡的一棵树。

187

许多年过去了，人们为我披上显赫的红袍，其实他们哪里知道，我想要的，只是一件云的衣裳。

涧底流香花满树

　　如果你喜欢茶，那么，到了武夷山，应该会去山水间寻访一下那几棵传说中的大红袍母树。当然，常常也听人抱怨："有什么好看的？一棵茶树，害我走那么远的路。"说这话的人可能太注重结果，其实很多事，过程往往比结果有趣得多。

　　找一个深秋时节，山和水都特别安静的时候。洗却了浮躁与喧嚣的武夷，处处都有惠崇的小景画意。而你，如果也一样不急不躁，就可以出发了。从山北的一条峡谷，逶迤前行，渐行渐远，走向山水更深处。

　　不知不觉，你听到了水声，抬眼一望，你进入了一处幽奇之境。站在峡口望去，红色的丹崖壁立两厢，崖上杂花生树。进入谷中，只见茶树蒙茸，山石玲珑，一带清流，自花木深处泻于石隙中，活泼泼地向前奔流。山涧的两旁，野草丛生，夹杂着一丛丛的兰草、山蕙、石蒲，一路走来，缕缕幽香，扑鼻而来。

　　前人的游山笔记中曾这样描绘："涧为群峰所夹，广可十笏，长千尺。芳兰间发，麋鹿同途。水有断涧之声，壑无漏云之隙。行此者，仿佛天门设于平地。"而这个地方，亦为我所爱，是为流香涧。

　　传说有一位衍操和尚，明亡时出家为僧。晚年归武夷山北，隐梧桐巢以终。他有《流香涧》诗一首："沿村行数里，入谷便闻兰。坠叶浮深涧，飞花逐急湍。岚光侵杖湿，苔色袭衣寒。欲试清泉味，

烹茶坐石盘。"写流香涧之清绝。"岚光侵杖湿，苔色袭衣寒"令人想起王维的《山中》："荆溪白石出，天寒红叶稀。山路元无雨，空翠湿人衣。"浓浓的山色流岚，欲流欲滴，人行空翠之中，似幻似真，寂静中有幽趣，清寒中见美感。

曲折的山涧中，有高大的水仙茶枞。枝干挂满苔藓，叶片肥厚，大小如婴儿手掌，叶片上的蜡光在阳光里闪闪发光。

沿涧而行，进入了一个危崖交错的岩峡，坐于峡中，只见一处幽微的天光自崖顶洒下。山涧突然安静下来，化为一泓碧潭，水清沙白，潭中小鱼历历可数。置身其中，自觉凉风习习，寒气袭人，尘意顿消，此为清凉峡。

还没等你从这曲折幽深中回过神来，穿过一片竹林，流香涧跌进了另一条山涧。你的眼前豁然开朗，前面是一座小小的石桥，桥的那一边，绿荫深处，慧苑寺的粉墙黛瓦在花木的掩映中令你惊艳。

你可以坐下歇歇脚，在小桥下的一带清流之间。就来冲一泡流香涧的水仙吧。煮溪中的清泉，以青花白瓷杯待饮。当滚烫的水冲入杯中，袅袅茶烟里，潆洄着满涧兰花的馨香。涧中的茶，经过春夏秋冬、阳光与火、生死历练之后，一片片树叶方成为茶。而最终，此时，在与水的相遇里，才能圆满和完成自己。茶因水而重生，水因茶而丰润，他们为彼此而活。而我们，于草木之间，经由一杯茶，与自然、天地、自我亦经历着一次奇妙的遇合。

就这么静静坐着，在半冷半暖的秋光里、竹影婆娑之间，看红叶飘落，流光飞舞。

眼前就是茶树的王国，而传说中的大红袍，已在不远的远处。

苔花的滋味

白日不到处，青春恰自来。苔花如米小，也学牡丹开。

电视里，"经典咏流传"的舞台上，到大山深处支教的梁老师对山里的孩子们说："我们即使拥有的不是最多，但依然可以学牡丹花一样绽放。我们不要小看了自己。"——是的，不要小看了自己，再卑微的生命，也有自己的花期。梁老师给了孩子们希望的种子，种子种在了孩子们的心里，会在长长的人生路上开出花来。

191

而春天的山野，苔花正开。

当你走进春天的茶园深处，你被片片的碧苔包围——一种温柔的入侵、淡然的拥抱，目光所及，台阶、小径、砌石、茶园、枝干……所有的一切，都染着一层淡绿，如果有清晨透过薄雾漫射过来的几缕慵懒的阳光，那绿苔就转出一层淡淡的鹅黄来，透着几分缱绻的意味。

你只想闭上眼睛，张开双臂，深深呼吸，给山野的气息一个深深的回应。

沿着一条山路，从布满青苔的石阶上走过，路过几处古老的断壁颓垣。你登上一座小小的山冈，转回头，万壑千岩里，漫山遍野的茶树和着碧苔在蔓延。

于是，你会想起前人游山笔记里的描绘：

山皆纯石，不宜禾黍；遇有寸肤，则种茶。村落上下，隐见无间，从高望之，如点绿苔；冷风所至，嫩香扑鼻……鸡声人语，尽在翠微之中。

在一条清澈的小溪边，烂石砾壤间，邂逅了一簇簇高大的茶丛。我认出它们是水仙。水仙，美丽的茶树的名字。武夷岩茶里说"醇不过水仙，香不过肉桂"，就是说它的滋味非常醇厚，而这醇厚里，就有苔香。

老爸告诉我，水仙的苔香，是由树龄或山场决定。水仙是小乔木，树龄越长，树冠越粗壮。从根系输送到叶面的养分会越复杂，所以新茶、高枞、老枞之间会有明显的特征差异。部分山场，背阴，阳光少，草木幽深，所以即使树龄不长，也会长出厚厚的苔，从而产生青苔味。

当然，也并不是说有单有青苔味就好，苔味，需要和气候、采摘、做工、火候，所有的一切，恰当地融合，方能称之为好。

我从千岩万壑里，采撷了小小的春意——几片碧苔。在遇林亭的小溪边，我捡拾起一块陶钵残片，铺上几颗小石子，把苔种在残片里。

不知哪里飘来一朵桃花，我亦捡拾起，让它和一簇小小的苔花相对。俯仰之间，萍水相逢的它们在晨光里交相辉映熠熠生辉。

小瀑布边的亭子里，最适合坐下，聊聊天，喝杯茶。此刻，最好就来一泡水仙。杯里的干茶，外形紧结油润，泛着宝色，闻之有清淡的花香。

滚烫的山泉水冲下去，一股花香浮起，游走亭中。轻轻啜饮，兰香袭人。

第二水，汤色明亮橙黄，细嗅，我闻到了细细的苔香。有一股成熟的蜜桃或者说是奶油的滋味，是的，一股迷人的植物的体香，那林间的清香、鲜美的滋味。我为这种香气着迷，不禁微微一笑——

小小的苔花，你可曾想过，有一天，会和沉睡千年的小石头相逢在故乡清澈的小溪，相逢在浩荡的春色么？

一如与我相逢，在一盏温润的茶汤里？

夏·雨·老枞

夏天似乎想把自己融化了。八月的一个午后，小睡醒来，我在小城的一隅望向窗外，只见天空湛蓝，白云像一群群小鸟，正赶往天际。

蝉声渐起，蝉声渐弱，唱了一季，蝉们的歌声里，终于有了一丝丝倦意。

出门办事回家的路上，突然雷声阵阵，下起了大雨。身边没有带伞，我心念一动，脱了鞋，光着脚，走进了雨幕里。小时候，下雨天如果没有带伞，一定会有爸妈给你送伞。但是，没有人会永远给你送伞的，更多的时候，你就是自己的伞。

雨中的地面，干净而温暖，偶尔有几粒小石子钻进脚缝，你轻轻一抬脚，小石子被水一冲，便消失不见了。

回到家，赶紧热水洗澡，安顿妥帖。此刻，需要一点点安慰，我坐在茶桌前，念想起一杯老枞的滋味。

请出一泡今春产自坑涧的老枞水仙吧，现在，她已经安安静静地躺在盖碗里了。

夏日的雨后如此清新，小池里前日盛放的红荷早已凋零，唯有几片花瓣飘落在水面。屋檐的流水落在荷叶上，荷叶打了个颤，水珠一滚，便又轻轻滑落。一支新的花箭抽出水面，在花苞的顶上，凝着一颗晶莹的水珠，一只蜻蜓呆立其上。有人说，花儿上停留的每一只蝴蝶蜻蜓都是花儿的魂魄，它们只是回来寻找它们自己。

等水开的间隙，我细细嗅着干茶。干茶条索紧结，褐色中泛着淡淡的绿光。闻之，有一股令人愉悦的花香与果香。

第一水，沸水溅入茶盏的瞬间，盏中升腾起栀子花的香气，浓烈、绵长。出汤后，汤色橙黄清亮。茶未入口茶香先行，入口后，饱满的滋味在口中散开，两颊与舌底绵绵生津。

第二水，花香果香里，浮出一道浓浓的苔香。那是漫长岁月里，大自然给茶树们珍贵的馈赠。那些附着在茶树枝干上的苔藓、细小如米的苔花，在光合作用里，把它们的生命轮回到了每一杯茶汤里。而此刻，我只能以一颗虔敬的心，将一杯茶捧在手中，送到唇边，感受她生命中的美好与坚持。

雨中的小院，兰花在吐露芬芳。我坐在桌前，静对一杯茶，恍若置身草木之间。在这杯茶里，看到她生长的那个山涧里，万物共生的勃勃生机——春天百花争艳，草长莺飞；夏日云雾缭绕，清泉漫流；秋天山高月小，红叶纷飞；冬天山风凛冽，落梅点点——在大自然最美的四季节拍里，茶树们从花草雨露阳光月色里，默默汲取着精华。

大地上的茶树，以草木的躯干，于泥土中蓄香纳芳，然后在火与水中融化释放。物物相生，冥冥之中自有定数。

饮茶，就是这样，让我们重建起与自然大地、山河岁月的情感。我时常在一杯茶汤里惊动，它让我重识万物与我自己。

雨渐渐停歇，茶汤也渐次淡了下去。在这老枞汤水的尾调里，那一缕苔香、花香、果香，依旧余音绕梁，久久不愿散去。

七 里 香

有人对我说，武夷山人真幸福，每一天，不是在喝茶，就是在去喝茶的路上。

想想也的确如此，青绿山水间，有茶的日子，何尝不就是幸福的日子？也许，每一个人，在不同的时节里，喝不同的茶，喝的不仅仅是茶，更多的是心情和况味。在不同的茶汤里，回味着生命中或凉或暖的时光。

有一天，我正在遇林亭的小瀑布前发呆。亭子里来了一对恋人模样的年轻人，他们摆出茶具，汲来山泉，开始烧水泡茶。我有些诧异地看看他们，一眼瞥见他们带来的茶包上写着"千里香"。我想，这"千里香"该就是"七里香"、"十里香"的别名吧，单看这名字，就茶香四溢了。

突然地，就想起年少时读过的一首席慕蓉的诗《七里香》：

溪水急着要流向海洋

浪潮却渴望重回土地

在绿树白花的篱前

曾那样轻易地挥手道别

而沧桑了二十年后

我们的魂魄却夜夜归来

197

微风拂过时
便化作满园的郁香

在不识人生之味的年少时光，多少人曾去追逐远方。当长路都已走过，是不是每一个人都找到了他想要的爱、梦想和自由？二十年后，午夜梦回，还有多少人能回到当年绿树白花的篱前？

"姐姐，你也来喝一杯吧。"他们热情地招呼我。我满怀喜悦地坐下与他们共饮。端起一杯喝下，满满的、生机勃勃的、充溢着浓浓的仲夏夜滋味的郁香——果真不负"千里香"之名。

我也拿出我的茶与他们分享，那是十多年产于山北的肉桂。用滚烫的山泉水冲泡，茶汤散发着浓郁的花果香和药草香。我又想念起山间那些野花遍地、长满草药的茶园了。

"姐姐，你的茶里有一点沧桑的味道呢。"

不禁莞尔。幸福的年轻人，你们还不必懂沧桑，还是尽情享受七里香的浓情蜜意吧。

无数的人喜欢张爱玲的这段话：于千万人之中遇见你所遇见的人，时间无涯的荒野里，没有早一步也没有晚一步，刚巧赶到了，那也没有别的话可说，唯有轻轻地问一声："噢，你也在这里吗？"

于人如此，于茶何尝不是如此？遇见，于千万茶之中遇见你的茶——七里香或是其他，都是最美的缘。

且怜且珍惜。

闲看中庭栀子花

南国的初夏，空气中到处弥漫着花草的甜香。淡雅的蓝花楹悄悄落幕，东坪山上的相思花开成海，而早开的凤凰，星星点点，在枝头蠢蠢欲动，等待烈日和骤雨，酝酿着一场华美盛大的云霞花期。

在繁盛热闹的花市里，我闻到栀子花淡淡的清香。一抬眼，一簇簇、一丛丛，那些绿叶白花，如此芳香素雅、清丽可爱。"栀子花，白花瓣，落在我蓝色百褶裙上。爱你，我轻声说，我低下头闻见一阵芬芳"——一首老歌，蓦地在岁月深处响起。

记忆中的栀子花，总是和小时候连在一起。

小时候，在我生活的那个茶场，种了很多的栀子花。

记得端午前后，天渐渐热起来了，栀子花就开了。乳白或是淡绿的花苞，怯生生地躲在浓密的树叶里，微微风过，送来阵阵芬芳，不浓不淡，正正好。

栀子花开的时候，正是做茶的时节，整整一两个月的时间，空气里全是茶的味道：阳光下晾晒的青叶子的味道、揉捻之后茶汁的清香、炒茶的味道、焙茶的味道—从那时到现在，我固执地以为茶香一定是世界上最好闻的香味。

而栀子花，除了被我们小孩子摘下来玩之外，是可以用来窨制花茶的。茶引花香，花增茶味，是古已有之的做法。明人朱权的《茶谱》之"茶诸法"中就说："木樨、茉莉、玫瑰、兰蕙、橘花、栀子、木香、梅花皆可做茶。"
但在我们小时候的茶
场，似乎只用过栀子
和茉莉来做花茶。于
是，我们有了一项快
乐的工作：帮大人们
采花。

　　提着小篮子，拣
那种半开的花采下
来。全开的花香味已失，未开的还不够香，半开的正好。采花似乎是
其次的，重要的是我们可以在花丛里钻来钻去捉迷藏，用采下来的花
苞打来打去，运气好的话，还可以摘到很大很红的野刺莓。终于，篮
子都装满了，可以上交劳动成果了。大人们会给我们一点奖励，比如
一人一颗酸梅糖。我们快乐地吃着，每个人的身上都是香香的。

　　记得花茶是这样做的：把茶叶拣净，烘焙几小时，放一两天，使
热气冷退，然后将花扭散，留花瓣，拣去花心、梗、萼，最后再筛去
碎片。

　　然后，把茶铺在地上约寸许，铺花一层，再铺茶一层，使茶花相
间，经十二小时，翻动一次，再经二十四小时，用茶筛筛去残花即
可。窨花后的茶叶还很潮湿，是需再焙火的。焙火之后，就可以装箱
储存了。

　　再过些时日，秋天来了。栀子树上结出了红红的果实，小姑娘们
摘下这些果实，用石头把它们捣烂，再把它们泡在水里，然后，就可
以染几块黄色的小手绢了。那些伴着童年歌谣的小手绢，多少年，都
长留在记忆里。

　　喜欢栀子花的人应该很多吧。多年以后，读到一些关于栀子花的
诗。比如沈周的《栀子花诗》："雪魄冰花凉气清，曲栏深处艳精神。

一钩新月风牵影，暗送娇香入画庭。"比如朱淑真的《水栀子花》："玉质自然无暑意，更宜移就月中看。"懂得在风中闻香、月下看花的人，真是栀子花的知音。

小时候的那个茶场，十岁离开后，就再没有回去过了。只是有一年，我抱着小小的子由在茶场的一个路口等车。身后，就是小时候摘栀子花的加工厂。那栋儿时觉得非常高大的两层厂房居然还在那里。不经意地一回头，看见厂房前面的空地上，分明是一排排高大茂盛的栀子花——我有点惊呆了，抱着孩子快步走了过去，真的真的，一定还是我小时候的那些栀子花呀。

几个大约是在拣茶的老阿姨正从车间里走出来，其中一个盯着我看了几眼："你是悬冰吗？肯定是，你和你妈妈年轻时一模一样。"我傻傻地点着头，我都已经离开这里三十年了，居然还有人能认出我。

阿姨把我和子由搂在怀里，用粗糙的大手，像妈妈一样抚摸着我的头发——我的童年、我的故乡、我的山河岁月，所有的一切，潮水般涌来。我不禁热泪盈眶。

曾经在一个初夏，为自己做过一罐栀子花茶。很简单，就是把栀子花瓣和茶放在一个玻璃罐里，让它们之间发生化学反应。然后用小小的焙笼烘干储存。

最好选一个酷夏的夜晚，刚下过一场透雨，有几声虫鸣断断续续透过纱窗。此时，就可以请出栀子花茶了。

一股滚烫的水冲下去，一缕花魂飘起来。就在这水边低徊吧，隔着薄薄的玻璃杯，茶与花，是近在咫尺？还是远隔天涯？

你非茶，亦非花，所以不必多想。只需饮尽杯中的茶汤。茶汤在口中往返流动，花香与茶味都越来越浓，渐渐合为一体。待它们芳香四起时，就可以一一咽下了——那茶味里，分明有着惊鸿一瞥的栀子花香呢。

好一朵美丽的茉莉花

夏天，当我在清寂无事的黄昏和万物隐忍的夜晚，坐在老屋爷爷曾经的书房里，展卷细玩，默察旧事，我闻见小院里茉莉的阵阵芬芳。

窗外，这些未曾凋零的蕞尔的花草，也从时间和记忆的深处，向着我，慢慢、慢慢地走来。

老屋的那口井边，总是种着茉莉。种茉莉的人，先是我奶奶，后来是我的妈妈。

奶奶年轻的时候非常好看。爷爷在他自己的回忆录里说过第一次见奶奶时的情景：十七岁那年的暑假，他从福州放假回家，家里人告诉他说给他订亲了。他去看戏，别人远远地指着一个女孩叫他看，一看之下，笔下的文字是：心内悦然。

奶奶的老家，在闽东那个叫鸳鸯溪的地方。她是那种山水滋润出来的美人。家里一直流传着一个笑话，就是在二十世纪五十年代，她已经是四个孩子的母亲了，她到一个新的学校工作，居然还有人张罗着要给她介绍对象。那些年她老了、病了，我帮她洗澡换衣服的时候，她温润的肌肤依然令我惊叹。

奶奶很爱干净，家里的一切，都洗得清清爽爽。

家门口就是一条河，小时候她带我去河边洗衣服，在那块大青石板上，教我给床单涂上肥皂，然后用刷子刷，再用棒槌敲打，最后还得把床单甩到水里漂洗。她说妹呀一定要干净，干净了才会漂亮。

我把干净的床单晒在院子的竹竿上，阳光透过床单上的花花草草，将斑驳的影子投在院子里的花花草草们身上。

那些是奶奶种的香香的花，比如栀子、含笑，还有茉莉。茉莉好种，随意地种在井边，有几棵栽在花盆里，有几棵就直接种在地上。

夏天来了，茉莉不知什么时候就开了。晚上洗了澡，我就在井边洗衣服，井水凉凉的，里面还泡着个西瓜，那是等会儿大家要吃的。

我洗好衣服，要上楼去晾。奶奶叫住我，拿了几朵茉莉放在我口袋里。有时是用绳子穿好的，就挂在我脖子上。我笑笑，上楼。

妈妈也爱茉莉。小时候，我爱枕着妈妈的手臂睡觉，妈妈的手，浑圆的、微凉的，我睡热了一个地方，就挪一挪，换个地。而且，妈妈的臂弯是香香的，夏天，那是茉莉的香。妈妈的床上、枕下，每天都藏着新摘的茉莉。

我童年的梦，满满的花香茶香。

有一次，看到朋友花猫说："最爱的花就是茉莉。小的时候，我们农场有一大片的田地种了茉莉花，开的时候，满满的香气。因为是六月开，我自己叫它六月雪。凋谢了的茉莉花不舍得丢弃，就加了些水速冻在杯子里，然后整杯地把花冻取出来，晶莹剔透的，带着花儿的魂。"

这是一只怎样的猫啊？除了冷峻，有时也这样的空灵。

不由得，一下又想起小时候在农场里采茉莉的情形。

最热的夏天的傍晚，放学以后。我提着小篮子，跟着大人去采茉莉。

夕阳洒下柔柔的光。夕阳下的茉莉花地，如一块美丽的花毯。在一片碧绿里，闪烁着无数白色的小星星。据说，此时的花，将放未放，是一天中最香的花。

我用拇指和食指轻轻一掐，一朵洁白的茉莉就在我小小的手心了。

劳作令这个小姑娘快乐，她非常喜欢摘下一片片茶叶或者一朵朵香喷喷的小花的感觉——这与生俱来的快乐感觉。这快乐甚至让她忘却了花田里夏季的湿热、忘记了蚊虫对她白嫩的肌肤的疯狂叮咬。

采下的茉莉，要用来窨制茉莉花茶。

要等到夜深人静，茉莉花才慢慢地开了。我看到大人们开始窨花了，感觉好简单，就是铺一层茶，铺一层花；再铺一层茶，铺一层花；继续铺一层茶，继续铺一层花……

我视此为一种愉快的工作，虽然，那时并不能说出"劳动是美丽的"这样的话。

我在氤氲着花香和茶香的夏夜里沉沉睡去，第二天清晨醒来，茉莉花茶已经制成。

洁白的小花们失去了力量与芬芳，变得微黄，散落在褐绿的茶干里。而茶们，因为吸收了花瓣上的水分，有几分湿漉漉的模样——在小孩子看不到的世界里，它们彼此交换了某种神秘的能量。

小时候几乎不喝花茶。中年以后，感觉许多事情可以有不同的尝试，哪怕只是喝茶这件小事。花草茶会带给人一种连接，连接我们难以到达的远方或者岁月。

有时也会泡一杯茉莉花茶，用一个透明的水晶或者玻璃杯。花与茶在滚烫的杯中载浮载沉，追逐、缠绕，令我想起小时候做过的那些茉莉花茶——那些默默交换过的能量、离散之后的一缕花魂，又一次还魂了，回到这一盏馥郁的茶汤里。

甘、甜、香、柔，惊觉相思不露，原来只因已入骨。

这么多年，依然爱着茉莉，爱这朴素雅洁的白色小花。

有一天，朋友带了宝宝来找子由玩。中午，她和宝宝在我床上睡了一觉。醒来她说："姐姐，我睡觉的时候一直闻到一种香香的味道。"

我笑笑——我的枕下，也藏着几朵洁白的茉莉花。

206

水仙，水仙

我在读法国女作家科莱特的一本小书《花事》，徜徉于花丛、文字间。

每一种花，在这个迟暮女子的笔下，都看不到繁华落尽的柔弱，反而翩跹着与众不同的诗意：

"我多么喜欢，在那个冬天既不凛冽也不漫长的地方，这些跑在春天最前头的花儿……"这是说的什么花呢？你猜得到吗？

"她们那么贪婪地吮吸着花瓶里的清水，水位慢慢下降，我仿佛听到她们吮吸的声音。"

她在说水仙。

"我有白色的、黄色的水仙花，哈瑞斯甚至还加了一束——哦，真是惊喜！——粉色的水仙花……不过我怀疑哈瑞斯在把她们送给我之前，在这些暴饮者的饮水槽里倒了满满一杯红墨水……"

科特莱笔下白色、黄色、红色的水仙，应该是西方的洋水仙。古希腊神话中有一位因为爱恋自己的影子而溺水身亡的男子，而水仙花也总是低头望着自己的影子，所以，水仙便这样与自恋症扯上了关系。

而中国的水仙似乎是更清雅的。古人写诗赞它：

玉面婵娟小，檀心馥郁多。

盈盈仙骨在，端欲去凌波。

水仙如洛神，凌波微步，在寒冷的风中，一路逶迤而来。那清香、那风致，无花能及。

我在努力地回想自己是什么时候第一次见到水仙的。

那是很小的小时候，遥远的二十世纪七十年代。每年，快过年的时候，奶奶在漳州的妹妹会给她寄来水仙花头，还有几盏漂亮的纸灯。

爷爷把花头外面的泥土和黑黑的膜清除掉，然后用小刀划几刀，让里面的芯露出来。有时还要把芯切掉一部分。我有点不明白，但也不问，只在一旁默默地看。

雕刻过的水仙花，用薄薄的一层棉花盖住，爷爷把它们养在白色的瓷碗里。有阳光的日子，他会把瓷碗端到阳光里晒晒。如果天气非常寒冷，他还会把花放在厨房的灶台上，他说这样就可以让花开得更早一些。

贫瘠的二十世纪七十年代，一直到二十世纪八十年代初，我的奶奶，在除夕的晚上，都会摆一盆水仙，还有各色瓜果，在桌上放两双空的碗筷。

她轻声招呼祖宗们来享用，虔诚地祈求祖宗保佑一家大小平安。

然后，我们才可以吃。

就这样，浅白、微黄的小花，淡淡的清香摇曳于一派人间烟火之中。

所以，我也一直爱养水仙。

是的，"在那个冬天既不凛冽也不漫长的地方"，有一种小花，只需要一点点的清水、一点点阳光，就可以跑在春天的前头，开出一片灿烂。

儿子很小的时候，有一天，我牵着他去市场买菜。路过一个画室，他指指里面："妈妈，里面有人在画水仙。""那你也去试试好不好？"

儿子涂鸦的第一幅国画，居然是一幅"岁朝清供"图，画给新年的祈福的水仙。其实在那一刻，我突然想起了我的爷爷奶奶，想起了很早很早的从前。

以后的每一年，儿子都在冬月，在画室里画一幅水仙。我把这些稚嫩的画作小心地收藏起——这何尝不是一个小生命成长的印记呢？水仙的清芬与情意足以温暖一生一世。

再说说另一种"水仙"。

谁能想到，水仙，这美美的名字，也可以是一种茶的名字。

我小时候生活的崇安茶场，种了很多水仙茶树。水仙和其他的茶树不一样，水仙通常长得很高大，类似灌木的样子。放学以后，我经常提着小篮子，钻进一片茶树，拔兔草。

高高的水仙下面，藏着一个神奇的世界。厚厚的腐殖质里，冒出数不清的小草，嫩嫩的、绿绿的。更有多到数不清的三叶草花，在嫩绿间探头探脑。阳光透过茶树的缝隙洒下来，照在身上暖暖的，花花草草们在阳光里闪闪发光。

我靠在水仙粗大的枝干上，摘了一些三叶草来吃，酸酸甜甜的。我想，如果妈妈同意的话，明天我要把我的兔子们带过来吃草，这些三叶草多么美味呀。

中年以后，才一点点靠近茶。儿时在故园里熏染过的那些茶香，其实它们从不曾远离，如生命的底色与暗纹，时隐时现。

一个很冷的冬天夜晚，闺密约我茶聚。茶桌上，我养了一瓶水仙。

点上焙茶的焙笼，放上一些新鲜的茶片，不一会儿，就是满屋的温暖清香。

太温暖了，就很容易怀旧。说起一些陈年往事，闺密说："你的水仙，让我想起很久很久以前，有人在寒冷的冬天的夜里，来约我，一起去看他种的水仙。"

我拿出一泡水仙，武夷山坑涧里长了很久很久的水仙："这个茶的故事，一定比你的故事还长。"我笑着说。

滚烫的水冲下去，一股幽香浮起。

其实，仅仅有香是不够的，老枞水仙的滋味里，有天地万物和漫长岁月赋予它的韵致。

这韵致，是时间、快乐、隐忍、痛苦以及其他种种的叠加。

水仙如同中年，在岁月的打磨中，学会了温柔与和解。

而温柔与和解都是好的呀，年轻时，放一件珍宝在面前，你也未必会懂得和珍惜，所以，时间是最好的解药。

就如时间加在了水仙的身上，它才如此温润、婉转、醇厚、平和。

梅占百花一枝春

在暗香浮动的黄昏、寒梅著花的窗前，微微落着点小雨，如果恰有客至，可以以茶当酒，来一杯老枞的梅占。

"梅占"之名，源于梅花，"梅占百花一枝春"，说梅占清香的茶味里，有梅花的幽韵。

故乡的冬日，梅花，是寒冷中的另一场大雪纷飞。前人的梅花词句，有一首《渔家傲》是我喜欢的：

211

　雪里已知春信至，寒梅点缀琼枝腻，香脸半开娇旖旎，当庭际，玉人浴出新妆洗。

　造化可能偏有意，故教明月珑珑地，共赏金樽沉绿蚁。莫辞醉，此花不与群花比。

是的，此花不与群花比。梅花的滋味，落在一杯茶汤里，又会是怎样的不同呢？

静静地等水开的时候，正可以细细地看看干茶。乌褐带绿的干茶，闻之有浓郁的焦糖香，非常俏皮的香气，我忍不住深深地吸了一口。

滚烫的水冲下去，一股幽香浮起。拿起盖子闻香，果然，是幽幽的梅花香，很密集地滑过味蕾。茶汤香甜、黏稠而清香，一缕梅的气息载浮载沉。

第二水，茶汤愈发浓稠。梅的花香里，浮出一股清淡的木质香。亦柔亦刚，妙不可言。

第三水，茶汤愈发温润柔和，梅的香气，渐渐沉落杯底。当我的味蕾想要捉住它时，不经意地，它已躲进了杯盖里。

窗外鸟啼声声，淅淅沥沥的寒雨里，点点落梅满地。

一抬眼，枝上的梅花依然是"香脸半开娇旖旎，当庭际，玉人浴出新妆洗"。

它们在珍惜最后的绽放，在春日的黄昏，送出暗香如许。

有时，与花相对，莫名地觉得花的开放，是花的爱自己。一如我的爱自己、爱自己一路行来之不易。

我端起一杯，一饮而尽，那清冽的茶汤里，有落梅的点点忧愁。

突然，就想起了张枣的诗句：

212

只要想起一生中后悔的事，

梅花便落满了南山。

寂寞遇林亭

遇林亭位于武夷山腹地的燕子窠，宋代这里出产各种"乌金釉兔毫"瓷器，而这兔毫盏，就是当时风行于朝野的斗茶与分茶的指定用具。

宋代的瓷器工艺杰出，被称作"瓷的时代"，其瓷器既超越了以往各时期的产品，又为明清各代所取法，成为闻名世界的工艺品，尤其在釉色的运用上，为瓷工艺开辟了新的境界，黑釉瓷就是其中的一枝奇葩。

213

当时，在离武夷山不远的建阳水吉，有宋代著名的建窑，所产的黑釉瓷"建盏"，被称作世界陶瓷史上的杰作。它的风格巧夺天工：在乌金黑釉中，浮现着大大小小的斑点或兔毫花纹，周围跃动着晕色的蓝色辉光，灿蓝的光辉随着人们观赏角度的变化而移动着位置。

南宋嘉定十六年（1223），两个日本人随道元禅师来到中国，到建窑学习制瓷技艺，五年后回国，开创了日本制瓷业的先河。

如今，建瓷在日本被称为"兔毫天目"，视为国宝。在 2005 年厦门恒升春季艺术品拍卖会上，一件珍贵的宋代建窑瓷器"耀变天目盏"就以 1300 万元人民币的高价拍出，足见其珍贵。

建窑水吉旧址占地 20.4 万平方米，还遗留着大量的废窑堆积、窑具匣钵和黑瓷残片。武夷山遇林亭窑与水吉窑相较，质量花色并无不同，但水吉窑盏底有"御供"字样，遇林亭窑则没有，显示了官窑与民窑的区别。

遇林亭古窑址在二十世纪五十年代文物普查中被发现，鉴于当时的条件没有进行挖掘只是用土将其封存，一直到前些年因修建环景区的高星公路才对其进行了抢救性的挖掘。

从高苏坂往遇林亭的路上，有小村庄名叫官庄、官埠头的，而这条大路，过去也被人称做官道，据说这是在武夷山茶叶贸易兴盛之时，各地客商往来的通道和驿站。

一个夏日的午后，我们去遇林亭。是雨后的阴天，层云遮蔽了日光，但山水之色倒是愈发青绿了。官庄前的柏油路静静地伸向远方，怒放的野菊给路镶上了一道金边。没有人，也没有车，路边是一条淙淙流动的小溪，溪边是等待收割的稻田，不时地，有几只白鹭上下翻飞，远处是翠绿的竹林和层层的茶园，更远处是重重叠叠的山，那些山匀停有致地排列着，由绿而蓝，由蓝而黛，在又高又远的地方融入蓝天。

几座静谧的农家小院疏疏落落地散落在其间，家家门前的水塘里，雪白、粉红的莲亭亭玉立于夏日的午后。我们仿佛走在一幅画里。

远望左边之山峰，有外形酷似莲花者，这便是著名的莲花峰了。莲花峰竹木苍苍，寒泉幽幽，终岁云雾缭绕，四时岚气袭人，峰顶有一妙莲古寺藏于岩中，不施片瓦而风雨不侵，为典型之崖寺。

转过莲花峰的山口，突然眼前一亮：在众山环抱的山间点缀着一群仿古建筑，白墙红瓦，衬着山与树的绿色。路边的一座石碑上赫然刻着"遇林亭窑址"几个大字。

走过一座石桥，有一座仿宋建筑的展厅。在灯光照射的透明展台里，我们看到了这种底小壁斜，下窄上宽，盏口下有折痕的古盏，大大小小，形态不一，以茶盏居多。

宋代流行斗茶和宋百戏。斗茶也好，茶百戏也好，都崇尚白色，所以茶具的选择十分重要，黑釉瓷茶盏也就应运而生。蔡襄在《茶录》中说："茶色白，宜黑盏。""其杯微厚，久之热难冷，最为要用。"

当时遇林亭烧制的茶盏，设计成底小壁斜，下窄上宽，便于注水后茶香显溢，盏口下有折痕注沟线，便于斗茶时观察水痕。

当然美观也很重要，宋徽宗在《大观茶论》中说："盏色贵青黑，玉毫条达者为上。"

走出展厅，沿着一条石头铺就的小径前行，耳边响起流水声，静静的山谷空无一人，一条小溪从两山之间流出，几只夏蝉在悠然地鸣叫，令人想起王维的"蝉噪林愈静，鸟鸣山更幽"的意境。

小溪在两山之间的开阔地放缓了脚步，跌进了几口池塘，池水清澈可爱，塘边的石头上刻着"淘洗池"、"古井"等字样，想来是当时制陶洗陶用的水池了。小溪流出水塘分做两路奔下山谷，其中一条之上竟有一座宋桥，小桥宽不足两米，用石条砌就，石色青黑，上面长着些小花小草，可远观不可近玩，古趣盎然。

离宋桥不远，是一尊红色的花岗岩坐像，雕刻的是一个制陶工人，他盯着手中的陶坯，似乎还在专心致志地工作着。

小溪上飘来淡淡的花香，循着花香而去，我们在一座小山脚下钻进另外一个为长亭、花木遮蔽的龙窑遗址。龙窑是一种用来烧制瓷器的窑，形似一条狭长的通道，顺着山势，窑身前低后高，头在前，尾在后，好像一条俯冲而下的火龙，故称龙窑。它也像一条向下爬行的蛇或蜈蚣，所以也被称为蛇窑或蜈蚣窑。

使用龙窑可以提高窑温，使温度达到 1300 摄氏度左右，保证烧出具有较高强度、硬度的瓷器。我们站在这长百余米的窑边，看到那些整整齐齐排列的古瓷，它们穿着匣钵静静地躺在那里，穿过近千年的岁月，躺在泥土里，像在诉说，又仿佛沉默着，犹如一群陶瓷的兵马俑。

沿着长亭的尽头折下山，看见对面的山上也有一座相同的龙窑，两窑遥遥相对，仿佛一只鸟张开双翼飞翔在群山间。

循着小溪，我们听到哗哗的水声，前方山脚下，有茶亭一座，亭内摆着些树根做的茶桌茶椅，坐在亭中，清风徐来。举目望去，竟见对面狭长的山谷中有一小小的瀑布逐级倾泻而下，在亭下冲出一个小水潭，人在亭中，便宛在水中央了。一座古老的小水车在水边正吱呀吱呀地转动着。

我有一种微醺的感觉，仿佛曾经来过这个地方。何时呢？前世？或是梦中？

夕阳西下，我们离开。遇林亭依旧不为人知地寂寞着。

216

下梅村里古风存

那一年，从山西回来之后，我决定去一趟下梅。

下梅在哪里？

在武夷山风景区以东四公里处，梅溪的下游，有一处古老的村落，这就是下梅。

下梅，是清代康熙年间武夷山著名的茶市，也就是那条由晋商常氏开辟的"茶叶丝绸之路"的起点，武夷茶就是从这里被推上世界舞台的。

1999 年，武夷山被批准为世界自然与文化遗产，下梅以其保存完好的清代古建筑以及与武夷茶发展的密切关系，成为世界遗产的组成部分。

水路的便利，使下梅成为清代武夷茶转运的中心。如今，那条清亮的人工小运河——当溪，依旧静静地穿过村落。

几只可爱的小土狗在古街上追逐嬉戏，村中的老人围坐在溪边木结构的长廊下谈天说地。粉墙黛瓦的老屋随处可见，一派江南小镇的怡静风光。

古街上最醒目的建筑便是邹氏家祠。邹氏家祠建于乾隆五十五年（1790），占地约二百平方米，为砖木结构，由邹氏禹章、茂章、舜章、茵章四兄弟合资修建。

祠门以幔亭造型，对称布列梯式砖雕图案，以及"木本"、"水源"

书法二幅，意思是家法血缘有如木之本、水之源。

正厅里的两根立柱分别由四块木料拼成，以"十"字行的木榫相接，寄寓了邹氏四兄弟团结一心的意蕴。

据《崇安县新志》记载："下梅邹氏原籍江西之南丰。顺治年间邹元老由南丰迁上饶。其子茂章复由上饶至崇安（今武夷山市）以经营茶叶获资百余万，造民宅七十余栋，所居成市。"

当时下梅是梅溪流域最大的集镇，水运条件便利，竹筏可以直达赤石的茶行。

自古以来武夷山寺观众多。早期武夷茶为寺僧自采、自制、自用，并非以贸易为目的。到了明代，武夷茶有所发展，外销与番夷互市，内贸销量也大，"水浮陆转，鬻之四方"，产销两旺，商贾云集，因而引起朝廷的疑惧，怕深山"藏奸"，危及国家的安全。故禁茶山，罢茶市，教民务农。

蒋蘅在《武夷偶述》中有较详细的记述："明尽革（指朱元璋诏会改团茶为散茶），官场捐利于民。国朝又以此与番夷互市，由是商贾云集，穷崖僻径人迹络绎，哄然成市矣。山中道僧，陇断居奇……货利所在，奸宄（指违法作乱的人）之媒，砍木撤屋，所在多有……禁茶山，罢茶市，尽驱客氓出境，教之务农乐业，以安其生。"加上贡茶制度的危害，武夷茶在当时衰落了。

清初，小种红茶开始兴起，一经问世，便受到追捧。

在海上通道尚未打通之前，具有财取天下之抱负的晋商常氏就制茗于武夷山，扎根于俄罗斯之恰克图，开创了绵延数千公里堪与丝绸之路相媲美的中国第一条茶商之路，成为中国对外贸易的第一世家。

而下梅，这个偏居武夷山一隅的小镇也是"每日竹筏三百艘，转运不绝"。

与常氏做生意的便是崇安的邹氏家族。邹氏茶商经营的武夷茶过分水关到江西河口镇后入信阳，由水路进鄱阳湖至湖口，溯长江至汉口，在汉口经鉴定分装，按商号分配，花茶多在华北销售，砖茶和红茶运到张家口改由骆驼队运输一千多公里到达库伦，再走几百公里到达中俄边境的恰克图，然后再由俄罗斯转运到欧洲各地。

而邹氏在恰克图亦设有茶庄，作为销售的据点。

2004 年，我去了山西榆次，游览了常氏家族不惜工本营造的精神家园——拥有"一山一阁，两轩五院，四院九堂，六水八帖"的常家庄园。其间充溢的中国茶商的儒气香风、高雅的文化品位和凝重的历史底蕴，令我震撼。

　　而千万里之外的邹家，也在下梅营造了属于自己的家园。

　　我们在小巷里邂逅了邹全荣老师。他是土生土长的下梅人，邹氏二十九世孙，教书之余，潜心研究乡土文化，是家乡乡土文化真正的守望者。

　　邹老师带着我们穿过悠长的小巷，走进了邹氏大夫第。精美的砖雕、石雕、木雕令我们应接不暇。

　　阳光从天井洒下，石条砌就的花架上摆满了兰花，鱼儿在石缸里优游，老屋中暗香浮动。

　　邹氏的后人依然生活在这里，过着渔樵耕读的乡居生活。茶商之家，得之于茶香的熏陶，依旧是不俗的。

　　道光、咸丰年间，水陆交通更为便利的赤石经营红茶成功。山西客商改到崇安县采办，运到关外销售。

　　五口通商以后，潮州、广州等地的客商到崇安县采办，然后运到福州、汕头、香港，销往厦门、晋江、潮阳及南洋各地。"其用途不仅待客，且以之做医疗之良剂……抗战后，转运为难，晋江等处岁无茶可售，病者至以包茶纸代之。"

　　下梅渐渐风光不再。

在 云 上

有时，我在遥远的都市怀念故乡的山野。怀念那些高高的白云之间、峰峦之上，那些人、那些事。

写下这个题目的时候，我突然想起自己其实是一个恐高症患者。但是，谁也不可以阻止一个恐高症患者拥有强大的想象力，想象着自己置身星月之上、水云之间，行到水穷，坐看云起。

有时，很羡慕古人，他们在物质上不如我们，却能在精神的某些方面达到极致。且不说古人，就说木心。木心的从前是多么美好：

> 记得早先少年时／大家勤勤恳恳／说一句是一句／清早上火车站／长街黑暗无行人／卖豆浆的小店冒着热气／从前的日色变得慢／车、马、邮件都慢／一生只够爱一个人／从前的锁也好看／钥匙精美有样子／你锁了人家就懂了

云上的日子，离天很近，离自己也很近。故乡的云上，曾经有那么多故事。

最近在翻看关于武夷山的一些闲书，读到明人钟惺夜宿山中的事，真真艳羡得紧。

说钟惺和朋友同游武夷山，山中两日，都选在山顶上过夜，一夜在天游，一夜在虎啸。

天游夜宿，他与朋友一起，坐在亭中待月。当大大白白的月亮升起来的时候，"奇光披形神，所照皆如浣"，烟云出岫，山水竹树都化入一片虚白。到了更深夜静之时，突然，"笛声起一隅，千山万山满"，此情此景，叫人尘念俱销。

第二天，他们夜入虎啸岩投宿，"若比天游宿，高深渐不同"。虎啸岩的僧舍，缀于半壁，上覆危崖，下临绝壁，涧水环绕。

是夜月光如水，身处屋内，抬头可窥星月，倾耳可闻水声，真可谓"置身星月上，翟魂水云间"。

如此看山看水，方得山水之精粹。那时的人，爱山爱水爱月光，一切都可以爱到如此纯粹。

天游峰与虎啸岩，爬的次数也不算少。某年夏天，在骄阳下游九曲溪的时候，竹筏路过天游，看见数不清的游客正蚁行在天游峰的石径上，烈日当空，这样的旅行，怎一个"苦"字了得，不禁暗自摇头。最近一次上虎啸岩，是七八年前陪小丽去的。下山的那段险径，几乎是从岩壁上垂直着下来，一面是石壁，一面是万丈深渊，顾不得那么多，手脚并用地爬下来的。

读了钟惺的文字，真的就想，什么时候找一个有月亮的晚上，也去体验一下置身星月上、水云间的山中幽趣呢？

虎啸岩上有水名曰"语儿泉"，据说在有月亮的夜晚，泉声咿呀，如童语呢喃。没有听过，不知是不是真的。有前人说那泉水质清冽，是岩茶的绝配。没尝过，也不知是不是真的。

不过，这些都是想想而已，说出来，别人一定认为你疯了。我们毕竟不是几百年前的古人，真的在月夜待在山中的崖寺里，会害怕的，月亮也一定没有想象中的美，我知道原因的——心不静呢。

古人比我们心静多了。心静了，才好面对和完成自己。

我曾在云窝峰峰对峙的山脚下仰望，追慕那些在云上逐梦的人。我抬起头，仰望半空中云雾缭绕的留云书屋。几百年前，董天工在那里完成了《武夷山志》。因为热爱，所以追寻。几百年后，我在《武夷山志》的第一卷里读到一个叫叶观国的人写的序，其中的一些话，一定深得董天工之心，亦深得我心：

吴立夫尝云：胸中无万卷书，眼中无天下奇山水，其人未必能文。而况近在邦域之内，掉臂失之，斯诚足令山英腾笑者耳。无已，则退尔求之图志，如宗少文所云：澄怀观道，卧以游之，庶几一慰素心。顾旧志及图多所舛讹则又废然而欢。

董君典斋博雅人也，居近武夷，性爱山水，尝筑留云书屋于五曲。春朝秋夕，霁景芳晨，泛舸携节，绝幽凿险，既饶谢公木屐之兴，复有许椽济胜之具。烟峦云壑，全具胸中。因就其见闻所亲历者，合前四志而订正之，补遗辨误，纲举目张。

一水一石，荒基废址，以及摩崖题壁，瑶草琪花，无幽不探，无琐弗登。翻阅之下，恍如置我于三三六六间也。其有功名山，接跱前贤，信可以不朽者乎。

他年倘假我以缘，得一至武夷，将手董君此志，一一与山川相印证。愿信宿留云书屋，作匝月之游，而后足其先以斯语约之董君，且向山灵默订焉。

高山流水，他们都是山水真正的知音。而我，也想一路追随，手董君此志，一一与山川相印证，与山灵默然相许。

很久很久以前，一个寂寥黄昏。在险峻的天游峰上，路过那个望月亭，抬眼遥望对面接笋隐屏诸峰，暮色里，隐约可见那小小的一方狐狸洞。有导游在向游客绘声绘色地讲述朱熹和丽娘的爱情。我不禁一笑，为朱熹先生打抱不平，为何如此香艳的故事要编排在他的身上？同行的朋友笑言：应该感谢这些编故事的人才对，不是吗？这个传说至少充满了善意。想想也是。

夕阳渐落，千山寂寥。游客们纷纷下山了。我斜倚在栏杆边，恍惚间,听到有人在唱："梦里飞红，觉来无觅，望中新绿，别后空愁。相思难偶，叹无情明月，今年已是，三度如钩。"

很想静静地待在那里，等到月亮，可惜不能。

山下，有竹筏路过，惊起芦苇丛中的水鸟。溪岸边，梅影横斜水清浅。浅浅的溪水里，鸳鸯相对浴红衣。

茶之四境

　　秋天的夜晚，到处都静下来。偶尔的几声虫鸣和月光一起透过纱窗，从书架上取出一本线装的《武夷山志》，随便翻开哪一页，都是一幅画、一首诗、一个传奇。

　　我的手在书页上摩挲，犹如抚摸过故乡的一片青绿山水。

　　一部鸿篇巨制的诞生，怎能缺了故事？二百多年以前，一个叫董天工的人辞去官职，回到了他深爱的故乡武夷山。他来到接笋峰下，仰望，悬崖绝壁上，是他父亲留给他的"留云书屋"。他决定去往那里，完成他内心深处的一个梦。于是，整整两年时间，他隐居在这绝壁上的石屋里，饿了吃野菇，渴了喝山泉，寂寞时仰望星空，和月亮说说话。终于，乾隆十六年（1751），一部15万余字、8册、24卷的《武夷山志》诞生了。山水、形胜、封赐、名臣、官宦、隐士、僧道、古迹、物产——关于武夷山的一切、总总，尽在其中。

　　这对故乡、对山水的深爱，蛰伏在每一个文字、每一幅图画里，所以，二百多年以后，当我于一个清寂的秋夜，随手翻开一页，依然会邂逅鲜翠的文字与鲜活的妙思：

　　一段文字，记录的是梁章钜游武夷，在天游观中与静参羽士夜谈茶事的情形：

　　余（梁章钜）尝再游武夷，信宿天游观中，每与静参羽士夜

谈茶事。静参谓茶名有四等，茶品有四等……至茶品之四等：

一曰香，花香小种皆有之，今之品茶者，以此为无上妙谛矣。

不知等而上之，则曰清，香而不清尤凡品也。

再等而上，则曰甘。香而不甘，则苦茗也。

再等而上之，则曰活，甘而不活，亦不过好茶而已。活之一字，须从舌本辨之，微乎微乎！然亦必瀹以山中之水，方能悟此消息。

如此看来，我们所执迷的香，只不过是好茶的最低境界。如果将茶比作女子，那她的美也应在骨不在皮。五官、肌肤、身材都基于这一"骨"字。李渔不是都说了："女子一有媚态，三四分姿色，便可抵过六七分。"这"媚态"，当是由内而外散发出的气质了。

由人而茶。茶之妙，"香"、"清"、"甘"若是失去了"活"，当然也就无处皈依。从"香"至"活"，还有长长的路要走。要靠环境、靠好水、靠机缘、靠悟性——你可以一一靠近、欣赏、追寻，沿着王国所谓的三重境界：

"昨夜西风凋碧树，独上高楼，望尽天涯路。"

"衣带渐宽终不悔，为伊消得人憔悴。"

"众里寻他千百度，蓦然回首，那人却在灯火阑珊处。"

来，一起去喊山

小王子说，仪式感，就是使某一天与其他日子不同，使某一时刻与其他时刻不同。如此看，喊山，对武夷岩茶来说，无疑也是一种仪式感，它让武夷岩茶与众不同。

三月的武夷，春风浩荡。细雨蒙蒙，草木萋萋，花儿争艳，百鸟喧鸣。一场场雨后，当淡紫色的桐花静默在茶园、山冈，春天的眉眼之间突然就染上了一丝丝忧伤和迷离。乍暖还寒的春雨里，茶树们深褐色的枝干在绿苔的点缀下斑驳着，在雨中透出禅意。树梢上，嫩绿的芽们在发与不发之间犹豫着。也许，需要一点更磅礴的什么，来将它们唤醒。

喊山，就是这唤醒。

让我们来说说喊山的故事吧，说到喊山，得从御茶园说起。

在武夷山九曲溪的四曲之畔，地势平坦之处，奇俏秀丽的隐屏峰前，有一个始建于元代的御茶园遗址。

其实，武夷茶在宋代就已崭露头角，随北苑（今建瓯）茶进贡朝廷。每当谷雨时节采制御茶时，地方官员都要亲自参加并主持北苑的喊山仪式，以隆重庆祝皇家茶叶的采摘。

话说元朝至元十四年（1277），浙江平章事高兴在游览武夷山、品饮了武夷茶后，感觉武夷茶具有非常高雅的韵味，便"羡芹思献，始谋冲佑观道士，采制做贡"，当时，他监制了"石乳"数斤敬献给

皇上，深得皇帝赏识。至元十九年（1282），高兴又命令崇安县令亲自监制贡茶，"岁贡二十斤，采摘户凡八十"。大德五年（1301），高兴的儿子高久任邵武路总管，就近到武夷山督造贡茶。大德六年（1302），创立了皇家焙局于武夷四曲溪畔，不久改名为"御茶园"。从此，武夷茶正式成为献给朝廷的贡品，每年必须精工制作龙凤团饼，沿着驿站运到元大都。

御茶园的建筑巍峨、华丽，按照皇家的规格和模式建造。先进仁凤门，迎面是拜发殿（亦名"第一春"），园内还有清神堂、思敬堂、焙芳堂、宴嘉亭、宜寂亭、浮光亭、碧云桥等，又有通仙井，覆有龙亭，称为通仙亭，"皆极丹殿之盛"。

御茶园设有场官、工员等职。由场官主管岁贡之事。后来贡茶制作扩大，采摘、制茶的农户增加到了 250 户，采茶 360 斤，制龙团5000 饼。元泰定三年（1326），崇安县令张瑞本在御茶园的左右两侧各建一场，悬挂"茶场"的大匾。

元至顺二年（1332），建宁总管在通仙井之畔修建了一座高五尺的高台，称为"喊山台"，山上还建造了喊山寺，供奉茶神。每年惊蛰之日，御茶园官吏偕县丞等官员要亲自登临喊山台，祭祀茶神。祭文的内容是："惟神，默运化机，地钟和气，地产灵芽，先春特异，石乳流香，龙团佳味，贡于天下，万年无替！资尔神功，用申当祭。"

祭毕，隶卒鸣金击鼓，鞭炮声响，红烛高烧，茶农们拥集台下，同声高喊："茶发芽！茶发芽！"声彻山谷，回音不绝。据说，在嘹亮的喊山声中，通仙井的水会慢慢上溢。

通仙井的泉水也因此被人们称作"呼来泉"。

喊山，拉开了御茶园繁杂、细致的制茶程序的序幕。

谷雨之后的一个多月，各茶厂相继开始采摘春茶，开采前还要举行开山仪式。

开山采摘的第一天，全厂茶工，在天色微明时即起床并洗漱完毕。厂主在供奉的茶君"杨太白神位"前，燃烛烧香礼拜。全厂人员禁止说话，站立着吃早饭，饭后由领山师傅引路，在鞭炮声中列队上山。茶工出厂直至茶园既不得说话，也不得回头顾看，到达茶园后，由领山师傅以手指示各茶工开采。约一个时辰后，厂主到茶园分烟给采茶工，然后开禁，即可休息抽烟，开始说话。此时朝雾尽散，春和日暖，有采茶山歌应和，仪式至此结束。

林馥泉在二十世纪四十年代的调查中说：

> 武夷山采茶俗例，天不分晴雨，地不分远近，午餐均由挑工挑到山上吃。虽然大雨倾盆，工作在厂门前数步，采工亦不肯进厂用其中饭，问其原因，均谓此乃开山祖杨太伯公之规矩，无人敢犯，殊不知此乃昔日主持茶厂之僧侣隐士，终日饱食无事，所想出剥削人工无数方法之一，用神力压服人心已耳。

关于种茶之辛苦、采茶之劳累、送供之艰辛，我们可以从文人墨客的笔下见到一二："百草逢春未敢发，御花蓓蕾拾琼芽。武夷真是神仙境，已产灵芝又产茶。"这是赞美了御茶园茶树长势喜人。"采摘金芽带露新，焙芳封裹贡枫宸。山灵解识君王重，土脉先回第一春。"写的是采摘御茶。至于"岁签二百五十户，需知一路皆驿骚……封题贡入紫檀殿，角盘瘿碗情薛操。小团硬饼碾成屑，牛潼马浮倾成膏。君臣第取一时快，讵知山农摘此田不毛！"不但描绘了送茶入贡的情形，更对统治阶级为取一时之乐而致山农不堪重负的社会现实予以批判。

明朝建立之后，贡茶制度依然沿袭前朝。明洪武二十四年（1391），皇帝诏令全国产茶之地按规定的贡额每岁入贡，并诏颁福建建宁府（武夷山当时归属建宁府）所贡之茶为上品。当时的贡茶品名有探春、先春、次春、紫笋四种。而且规定不再费时费工制作"大小龙团"，而是按照新的制作方法改制散茶入贡。明嘉靖三十六年（1557），由于御茶园疏于管理，茶树枯败，武夷茶遂免于进贡。

御茶园的历史，前后经历了 255 年。清代的董天工写过一首《贡茶有感》：

> 武夷粟芽粒，采摘献天家。
> 火分一二候，春别次初嘉。
> 壑源难比拟，北苑敢矜夸。
> 贡自高兴始，端明千古污。

这首诗评价了御茶园的是非功过，前三联写其功，说武夷山中的灵芽采摘了是要献给皇家的，经过了精心的制作之后，品质之胜，令壑源和北苑茶都不敢在它面前矜夸。最后一联写其过，说它太劳民伤财了，要怪的首先是北宋的蔡襄，然后就是始建御茶园的高兴了，谁让你们在皇帝面前那样极力地推荐武夷茶啊。

如今，御茶园的遗址依然静静地立于九曲溪畔，水绕山环，景致极佳，在品种园内，可远眺玉女峰的背影，令你不得不佩服当年高兴选址此处的眼光。

漫步园中，通仙井早已干涸，井沿之上，芳草萋萋，令人不胜今昔之感。

四月的武夷，春风早已涤荡了每一个角落。"茶发芽！茶发芽！"的呼唤在山坡上、茶园里此起彼伏，与浩荡的春意合奏出一部宏大的交响曲。

茶芽们在静静地聆听，也许，就在明天，伴着朝阳，它们会还给春天一个拥抱——带着积攒了整整一个夏天、一个秋天和一个冬天的激情与芬芳。

232

遇　见

让我们来谈一谈遇见吧。对茶来说，水，是它一生最珍贵的遇见。

茶的一生，一片树叶的传奇。在大自然里，经历春夏秋冬的轮回、阳光与火的淬炼，最后，在杯中与水相逢。"精茗蕴香，借水而发，无水不可与论茶也"。明代张源在《茶录》中写道："茶者，水之神。水者，茶之体。非真水莫显其神，非精茶曷窥其体。"清代张大复在《梅花草堂笔录》中也说："茶性必发于水，八分之茶遇水十分，茶亦十分矣；八分之水试十分之茶，茶只八分耳。"一刻的因缘聚合，茶因水而重生，水因茶而丰润。

品茗必先选水。陆羽在《茶经》中论煮茶方法时说："其水，用山水上，江水中，井水下。"认为山水最好，其次为江水和井水。他把山水分为泉水、奔涌翻腾之水和流于山谷停滞不泄的水。饮山水，要拣石隙间流出的泉水。"溪河急流汹涌翻腾之山水勿食，久食，令人有颈疾；又水流于山谷者，停滞不泄，自火天至霜降以前，或潜龙蓄毒于其间，饮煮可决之，以流其亚，使新泉涓涓然酌之。"意思是山谷中停滞不泄的死水，经过了酷烈火热的夏季及冬霜，而且潜居于水中的龙可能蓄毒于水中，这种水取饮前，先要疏导滞水，使新泉涓涓流入，方可饮用。"其江水，取去人远者。"因为离人远的江水比较洁净。"井，取汲多者。"因汲多者则水活。明代屠隆在《茶笺》一书中也持有同样的看法："山泉为上，江水次之，如用井水，必取多波者

（即深水井）为佳。"因此，按照古人的研究，用来沏茶之水要包括四个方面：一是"活"，要求有好的水源；二是"清"，要求水质清冽；三是"甘"，要求水味甘甜；四是"轻"，要求水品要轻。

上天自有安排，武夷山有好茶，自然就有好水。

明代有一个叫吴栻的人，在武夷山中隐居多年，是武夷山和武夷岩茶的粉丝。他写过《武夷杂记》，在亲尝山中之泉之后一一做了点评："泉出南山者皆洁冽味短，随啜随尽，独虎啸岩语儿泉浓若停膏，泻杯中监毛发，味甘而博，啜之有软顺意。次则天柱三敲泉，而茶园喊泉又可以伯仲矣，余无可述，圣水泉定是末脚。""北山泉味迥别，盖两山形似而脉不同也。余携茶具，共访得三十九处，其最下者亦无硬冽气质。小桃源一泉，高地尺许，汲不可竭，谓之高泉。纯远而逸致，韵双发，愈啜愈入，愈想愈深，不可以味名也。次则接笋之仙掌露。而仙掌碧，高泉黛，碧虽处亚，犹不居语儿之下。譬之茶，高泉芥也，仙掌虎邱也，语儿则松萝带脂粉气矣。又次则碧霄洞丹泉、元都观寒岩泉，较之仙掌，犹碧之与黛耳。"

带着茶具到山中访泉？几百年后，我在书桌前努力想象着那些画面。红叶纷飞的山径上，一个孤独的背影行往秋天山水的更深处。又是一个痴人。不过，人不痴亦无趣。张岱说："人无癖不可与交，以其无深情也；人无疵不可与交，以其无真气也。"说起张岱，他自称平生所遇太多知己，某人是诗学知己，某人是山水知己，某人是字画知己，某人是禅学知己，某人是艺术知己，如果他们相识，这吴杕该可以归入张岱的山水知己吧。

有了好水还须会煮。煮水最好用砂壶或铜壶，并用炉子和硬木炭。这样煮出的水才没有杂味。连横说："扫叶烹茶，诗中雅趣。若果以此瀹茗，啜之欲呕，盖煮茗最忌烟，故必用炭。而台以相思炭为佳，炎而不爆，热而耐久。如以电火、煤气煮之，虽较易熟，终失泉味。东坡诗曰：'蟹眼已过鱼眼生，飕飕欲作松风鸣。'此真能得煮泉之法。故欲学品茗，先学煮泉。"

曾经提着空瓶子，和老爸一起，去山中寻找传说中的一眼泉水，曲曲折折之后，我们终于找到了。喜滋滋地看着一脉清泉汇入瓶中，那欢喜，也仿佛是寻到了一座宝藏。喜欢苏轼那一句"人间有味是清欢"，走一段长长的山路，只为寻一掬山泉，这样简单的快乐，算不算一种"清欢"？

就差一场相逢了。万水千山之后，溪流、飞瀑、岩泉、雨露与月色、花香、虫鸣、鸟声，欣欣然，携手共赴一场前世之约。

一茶一相逢

一个春天的午后，我们来到遇林亭。走过那短短的宋桥，穿过绿茵茵的草地，空中飘起了小雨。在那淙淙流动的小溪边，转回头，瞥见近山远树上升起了薄纱似的水雾，这寂静的山谷恍若仙境。

对我来说，这是一个非常神奇的地方。很多年以前，第一次来的时候，就仿佛是故地重游，梦里来过了一般，让我不由想起黄山谷和那碗芹菜面的故事。一碗芹菜面，是前世今生的线索，他在寻找中"做梦中梦"，最终亦幸运地"悟身外身"。

其实，在许多人眼里，遇林亭不过是山中一处寻常的所在，群山环抱中的一处旧窑址，有一条小溪、一处小小的瀑布、一架小水车在瀑布潭中的小亭边不停地转啊转……

下雨了，哪都去不了了，不如就在这亭中歇歇脚喝杯茶。

"吱呀"小亭边仿古陶艺吧的门打开了，走出来一个清秀的小姑娘。"小妹，能借你的地方烧壶水吗?"

"可以啊。"

于是，赶紧汲来一壶山泉。

在潮湿温润的春天，在烧制建盏的宋窑遗址，包里的这块小小的茶饼是最合宜的。

说到茶饼，当然要说到龙凤团茶。关于"龙团凤饼"，宋徽宗在《大观茶论》中说："本朝之兴，岁修建溪之贡，龙团凤饼，名冠

天下。"又有陆羽《茶经·三之造》里的记录:"晴,采之。蒸之,捣之,拍之,焙之,穿之,封之,茶之干矣。"现代茶饼的制作,除了没有中间穿孔,其他与陆羽所记相仿佛。

家里的小茶饼是以十五年老茶压制的,饼面压梅花纹,色泽深褐,润泽有光。

山泉已在壶中沸腾,我取一枚小茶饼放进青花盖碗,以沸水冲泡。一泡之下,倾茶汤入玻璃茶海,只见色如玛瑙,汤如蜜汁,饮之浓稠绵密。一股暖暖的茶香开始在亭中游走亦从心间流过。

我感叹这甜润的清泉,是为梅花小团茶的绝配。

《梅花草堂笔谈》中有这样的话:"茶性必发于水,八分之茶,遇十分之水,茶亦十分矣;八分之水,试十分之茶,茶只八分耳。"我今日的茶只有八分,水却是十分,所以茶亦十分了。

其实,水与茶、人与人,世间种种,不过就是"知"、"遇"二字。

我们在微风细雨里举杯,谁都没有说话。

世界是这么大，我们是这么小，但此时，小小的茶盏可以是我们每个人的天堂。

小亭之外，莲花峰如一朵真正的莲在远远的地方静默着，云雾和雨水茫茫一片。竹影朦胧，鸟啼阵阵，万物在春雨中萌生，一种淡淡的喜悦涌上心头。

应该带一个建盏来这里泡茶才好。也许我的那个建盏就是一千年以前在这个地方烧制的，谁知道呢？对，应该带它回家的，带它来寻找它自己。

就当这是个约定吧。

但愿岁月静好，山、水、茶、人可以慢慢变老。相聚了不伤别离，而别离星散之后，依然可以重聚。

238